捜し物屋まやま2

木原音瀬

集英社文庫

Contents

登場人物

徳広祐介（とくひろ ゆうすけ）(38)
ドルオタ弁護士。
捜し物屋と同じビル内の法律事務所に勤務。

三井　走（みつい かける）(36)
捜し物屋の受付&法律事務所の事務担当。
天涯孤独の元引きこもり。

間山和樹（まやま かずき）(26)
捜し物屋所長&小説家。
白雄とは血の繋がらない兄弟。

間山白雄（まやま しお）(26)
捜し物屋スタッフ&マッサージ師。
冷血な能力者。

捜し物屋「まやま」2

第一章

松崎伊緒利の怪異

去年、打ち合わせにきた三十代後半の作家で、空気読まずにズバズバ言う系だなと松崎が思っていたそいつが、文芸の編集部に入るなり「うっわー貧民窟みたいですね」と唸った。

それを聞いた編集長が「貧民窟……」とぼやき、副編集長も「貧民窟って」と続いて、細やかな伝言ゲームのように「貧民窟」「貧民窟」と編集部内に連鎖していった。二ヶ月前の締め切りをぶっちぎっているそいつからは未だ連絡はないが、残された名言「貧民窟」は編集部で大流行し、ことあるごとに「ここは貧民窟だからな」と面白半分に使われている。

奴に貧民窟を印象づけたのは、散らかしっぱなしの現状にプラスして、床に置かれた薄汚い寝袋と、そこかしこに散らばる弁当の空容器だったと推測する。冬の寒い時期だったのも悪かった。夏ならもうちょっと早く片づけていた。……腐って臭うからだ。

先輩だった河原みのりがいた頃は、彼女が見るに見かねて整理整頓をしていた。そのおかげで編集部内の秩序は最低限、保たれていたわけだが、いなくなったら即カオス。その共用のテーブルや本棚には、誰が置いたのかわからない資料やゲラ、献本がうずたかく積み上がり、崩れ、積み上がり、崩れという地獄を繰り返している。

去年、榊（さかき）と河原の女性二人がセクハラ、モラハラ被害に遭い退職した。ウチでもそろそろ対策というか対応に乗り出すかと思いきや、やっぱりというか案の定というか流石（さすが）というか、上のオッサンたちの「あれこれ面倒くせえ」という時代錯誤なノリで、編集部員は全員男になった。「ですかーですよねー」と権力に巻かれながら、この出版社ってそろそろヤバいかもと本気で思っている。

貧民窟の汚さには日々拍車がかかるも、目は慣れてすっかり日常の景色。「汚」が通常運転の柊（ひいらぎ）出版の文芸編集部、ブラインドを下ろした窓際の席で、松崎伊緒利（いおり）は作家に送るゲラチェックを終えて封筒にぶち込んだ。朝一でバイク便に頼めば、午前十時には作家宅に届けられる。予定通りでないと不機嫌になるセンセなので、時間厳守はマスト。ゆるゆるタイプなら「すんませーん、明後日でもいいですかぁ」の連絡一つで先延ばしできるが、そうもいかない。

ホッとため息をついて、椅子の上で大きく伸びをする。ホワイトボードの上、禁煙分煙何ソレで黄色くヤニまみれになった柱時計が示すのは深夜零時三分前。カップラーメンができるのを待っている間に今日が終わる。急げば終電に間に合うかもだが、駅まで全力疾走したくない。足許（あしもと）に丸めてある激安寝袋が「ベイビー、カモーン」と手招きしている。

バタンと響いた派手な音に、松崎はビクンと背中を震わせた。ドアが大きく開き、副編集長の谷が顔を見せる。

「何だ、松崎かぁ」

バタバタと足音を響かせ、谷は正面奥にある本人のデスク「貧民窟の総本山」へ、道中にあるゴミと思しきビニール袋を蹴り飛ばしながら向かっていく。

「外から電気ついてんのは見えたけど、誰かの消し忘れかと思ってたわ。外なぁ、風がすげーぞ。春の嵐って感じでさ」

谷はいつもTシャツ&ジーンズが制服なのに、今日はトップスがシャツで、かなりきれいめだ。そういえば朝から谷の姿を見ていなかった。ホワイトボードにはでかでかと「出張」と書かれてある。

「あった、あった」

デスクの上にあったスマホを鷲摑みにする姿を見て、もしかして出張にソレを忘れていったのかと驚愕する。自分はないと秒でも不安だが、今でもガラケーを恋しがる昭和世代の谷はある意味強い。

「残業するほど急ぎの仕事があるのか？　今はそれほど切羽詰まってないだろ〜」

月末だとキリキリするが、四月半ばのこの時期はまだ余裕がある。

「時間に厳しいセンセの仕事が、ちょっと押してたんで。それにあんま家、帰りたくないからちょうどいいって言うか〜」

谷は「んーんーんー」と鼻を鳴らしながら近づいてくる。

「お友達のヤッちゃんとトラぶったか？」

耳許で喋られると、にんにくの匂いがぶわっとくる。これは餃子か？　猛烈にくさい。

「いや〜そういうんじゃないんすけどね〜」

のけ反る素振りでステルス口臭からさりげなく距離をとり、ハハッと苦笑いしてみせた。

……父親が役所勤めで、母親はボランティア活動が趣味の専業主婦。食事は朝七時、晩七時の時間厳守で、必ず家族全員揃ってからが家訓。おやつはオーガニック素材を使った母親の手作りがデフォという家庭の次男として松崎は生を受けた。友達からは「学校から帰ったら、いつも家にお母さんがいていいね」と言われ続けて育った。外から見れば、愛情に満ち溢れ、親の意識が高い「シアワセナカテイ」。しかし中にいる人間から言わせてもらえば、息苦しさＭＡＸだった。

二つ上の兄も、三つ下の妹も、母親のコピペで「添加物の入ったお菓子は体に毒」と反芻しているし、自分が着色料バリバリのカラフルな菓子が食べたいと漏らすと、汚物を見るような眼差しで突き放され、こいつらとは一生わかり合えないと絶望した。

「正しさ」を有言実行する家族。特に母親の支配が強くて、市販の菓子を食べさせてもらえなかった。支配といっても、頭ごなしに「それはダメ」と言われるわけじゃない。「伊緒利ちゃん、そういうお菓子についた綺麗（きれい）な色は、タール系の色素っていってね……」と添加物の説明を、子供が「わかった」と言うまで一時間、二時間延々と続けられるのだ。ある意味、ホラー映画よりも怖い。

家族が嫌いなワケじゃないけど、世の中の正解しかないこの家が苦手だ。他の家の子みたいに、学校帰りにお菓子の買い食いをしたい。母親曰（いわ）く「悪いモノ」をみんな食ってるのに、普通に生きてる。死んだりしてない。それならちょっとぐらい食べてもいいんじゃないか。誰もいない河原で「買い食いさせろー！」とガチで叫んでいた。

正しき家庭に対する反動なのか、中学に入ってから不良や半グレ、ヤクザといった悪と分類されるカテゴリーに、猛烈に惹（ひ）かれた。ヤクザや犯罪者が主人公の漫画や小説を片っ端から読み、古い映画を見まくった。中でも、猪木勝美（いのきかつみ）という元ヤクザの小説家が書き、ドラマにもなった「一匹狼（おおかみ）・絃（げん）」のシリーズが大好きで、ファンレターも送った。

高校時代、屋上でこっそり煙草（タバコ）を吸っている同級生たちに憧れ、アウトローな奴らと廊下ですれ違った際に匂うその残り香にゾクゾクした。仲間に入れてもらいたい。悪の片鱗（へんりん）にリアルに触れたかったのに、その一歩を踏み出せなかった。もし自分が法を犯すようなことをして警察の世話になりでもしたら、「正義の番人」である母親が本気でシヨック死しかねないと思ったからだ。

ようやく自由になれたのは、大学進学を機に一人暮らしをはじめてから。まずは見た目、服から入った。ちょいダサで派手な服を身につけ、繁華街をぶらぶらしていると、本職と思しき輩に睨まれる。これって同類に思われてる？　ガチでメンチを切られてる～マジで～と嬉ションしそうになった。

「悪の世界」に強烈な魅力を感じながらも、学生時代はメチャクチャ自制した。見た目で判断されたのか、同じ大学でバイヤーらしき奴に「何か欲しいのある？　用意できるよ」と違法薬物の売り込みをされた時も「買うトコ決めてるんで～」と、それまでの映画や小説で得たヤクザ&半グレ知識でかわした。野望を叶えるまで、絶対に前科をつけてはいけないと自分に言い聞かせた。

そして卒業後、念願の柊出版に入社した。「一匹狼・絃」の本を出している神出版社だ。入社試験の合同面接では自分の「猪木勝美愛」――どこが好きか、素晴らしいかを語れる喜びのあまり涙を流し、隣に座ってた野郎にドン引きされた。俺を取らないで、誰を取るんだ！　の気迫が通じたのか無事入社を果たすも、猪木先生は直後に肝臓癌で他界してしまった。編集部に残っていた生原稿を見せてもらった時は、作風と綺麗な筆跡のギャップに戸惑いながらも感動して手が震えた。

入社当初は希望していた文芸編集部ではなく、男性向け週刊誌に配属された。親に言い訳できる「編集者」という免罪符を得て、喜び勇んで「そっち界隈の人たち」の突撃取材に行った。

中学時代からこじらせてきたヤクザ、半グレ愛は半端ない。こちらの超超リスペクトが伝わるのか、すぐに「松ちゃん」と親しみを込めて呼ばれるようになり、他の記者なら断られる仕事も「松ちゃんトコなら」と受けてもらえたりした。一生誰にも言えないヤバい話を教えてもらった日の夜は、興奮して眠れなかった。

週刊誌の仕事は「天職ですか？」ってぐらい楽しかったし知り合いも増えたが、二年で文芸編集部へ異動になった。その頃には週刊誌にどっぷりとはまっていたので、今更文芸……とがっかり感が半端なかったが、所詮社畜なので上の命令には逆らえない。辞めてフリーの編集者になって週刊誌に関わろうかという考えが胸をよぎるも、独り立ちするにはまだまだスキルが足りなかった。

文芸に来たら来たで、もとはこっちが志望だったし住めば都。希望してバイオレンス＆ノワール系の作家の担当にさせてもらい、知り合いのヤクザを紹介して取材に同行した。作家にも頼りにしてもらえて嬉しい。自分も趣味でアンダーグラウンドな人のレポを雑誌の隅で連載し、そこそこ評判がいい。人生、猛烈に充実している。

「どうして家に帰りたくないいんだよ。ヤッちゃんじゃないって、他に何かあんの？　女か？　女だな？」

谷が嫌がらせのように顔を寄せてくる。やたらと距離が近いし、何よりくさい。

「俺、カノジョいないって何度も言ってんじゃないすか～」

自分のタイプはギャル系だが、いいなと思う子がいてもなかなか付き合えない。それ系のコンパに行っても、ホスト系かガテン系にかっさらわれていく。見た目だけ半グレ、チンピラ風味の文芸編集者に需要はない。

「何て言うか、住んでる部屋そのものがガチでヤバそうっていうか」

「ヤバいって、欠陥住宅ってことか？」

チラと谷の顔を見る。そっち系に興味がなさそうなので、言ってもなぁと思いつつ

「実は～」と声のトーンを下げた。誰でもいいから話を聞いてもらいたかった。

「部屋に一人でいると、急に物が落ちてきたり、変な音がしたりするんですよ」

「気のせいだろ」

秒で話を終わらされたが、めげずに続ける。

「原因はわかってんです。ちょっと前、一階の住人が自殺したんですけど……」

松崎は都心から電車で三十分程の住宅地にあるアパートの三階に住んでいる。その男は一階の住人だった。歳（とし）は同じぐらいで、ゴミ出しの時にたまに見かけたが、いつも青白い顔でスーツ姿。多分サラリーマンだったんだろう。

その日、仕事から帰って玄関の鍵をあけていると、隣の部屋から人が出てきた。引っ

越した時に挨拶で菓子を持っていったきり、ろくに話もしたことがなかったおばちゃんに愛想良く会釈される。何か変だなと思いつつ「こんばんは」と返した。

「あなた、105号室の人の話、聞いてる?」

おばちゃんは頰に手をあて、意味深に話しかけてくる。105号室……青白いリーマンの顔がフッと脳裏をよぎる。

「いいえ。何かあったんすか?」

待ってましたとばかりに「自殺よ、自殺。若い男の人だったんだけど……首吊(つ)っちゃったって。警察がきて、さっきまで大騒ぎだったのよぅ」とおばちゃんは目を細めた。

住人の自死が影響してか、はたまた春の異動が重なったのか、十五部屋満室だったアパートはあっという間にぽろぽろと空きができた。自殺した部屋はともかく、他の空き部屋も人が入ったなと思っても、速攻で出ていく。

人が居着かないなぁと気になりつつも、ごくごくフツーに日常生活を送っていた。部屋にいて本が急に落ちても「何か揺れたか?」と流し、電球が急にチカチカと点滅しても「そろそろ替えないとダメなのか。面倒くさ」と意識していなかった。

そういった違和感の答え合わせは諸々(もろもろ)の変事が続いた後、ラスボス的にきた。ネトゲをしながら寝落ちしたその日、胸の上に砂袋を載せられたような息苦しさで目が覚めた。顔の前に、白いボールみたいなのがぼおっと見える。それが人の顔で、自殺した一階の男だとわかった途端、喉の奥がキュッと締まった。口はぱくぱくしてるのに、声が出ない。恐怖が限度を越えると、人は声も出せなくなるんだと、小説や漫画だとよく見かけるアレが本当なんだと初めて知った。

人の上に座り込んだ男が、ゴミ捨てをしていた時の、虚ろな目で自分を見ている。震えながら瞼をギュッと閉じた。無理、無理……こういうのマジで無理……重い、怖い、重い……と思いながら、意識が遠くなった。

朝、目覚めた時の気分は最悪。頭の中はどんよりと曇って晴れない。けれどキラキラした朝日を浴びているうちに、夜中のアレは夢だったんじゃないか、きっとそうに違いないと思えるようになった。気にしない、気にしない。そう自分に言い聞かせて、恐怖の夢など忘れることにした。

が、その日を境に毎晩、奴は現れはじめた。夜中、胸が重たくて目が覚める。瞼を閉じたままでも、奴の気配を感じる。予防策として部屋中の電気をつけたままにしたこともあるが、寝るとやっぱり苦しくなって目が覚める。明るいのに、見えないのに、奴の気配をありありと感じる。

打ち合わせで地方に泊まった時は現れなかったので、やっぱりあの部屋が原因だと確信した。最近、空室が増えて人の出入りが激しいことを考えると、アパート全体がダメな感じになってるんじゃないだろうか……関係ないかもしれないのに、脳内で勝手に相関関係を作ってしまう。

「幽霊を怖がってんのかぁ」

谷の声に（笑）が見える。

「お前、アウトロー系の知り合い多いんだろ。生きてる人間よりも死んだ人間のほうが怖いって、ギャグだぞ」

やっぱ話すんじゃなかったわ〜と思いつつ「ですよね〜」と適当に相槌を打って笑っておいた。谷も帰り、そろそろ自分も寝るかと机の後ろに段ボールを敷いて寝袋を広げたところで、スマホに着信があった。

山下組の西桑だ。正式に盃はかわしていない準構成員という立ち位置の男で、週刊誌時代から仲良くしている。奴の鼻は喧嘩で殴られたせいで右にちょっと曲がり、それがトレードマークになっていた。頭がよくて気配りのできる西桑は組でも重宝されていて、奴のツテで山下組の幹部からインタビューが取れたこともあった。

「はーい、松っす」

電話の向こうの相手は『ははははっ』と笑い『今から飲みに出てこねぇ』と誘われた。ラインは履歴が残るし、素人でもデータを抜いたりするから危ないんだよね、と奴からの連絡は基本、電話だ。

「俺、まだ会社なんすよ。で、今から寝るトコで」

『何それ？　会社に泊まんの？』

「そうなんすよ。明日も朝からバタバタしそうなんで。編集者も結局、社畜っていうか。また誘ってくださいよ。次は絶対に行くんで〜」

西桑からの返事がない。不自然な間、沈黙が気になる。

「西さん、聞こえてるっすか？」

『うん、まぁ……』

誘いを断ったので気を悪くしたのかと思ったが、そういう声色でもない。しかし歯切れは悪い。

「次は絶対に行くんで」

そう念押しするも『ん〜っ』と唸る。その態度が気になる。ちょっとしんどいけど今から出かけようか。西桑の機嫌は損ねたくない。今後のためにも山下組とのパイプは維持しておきたい。

『……あのさぁ、変なこと言う奴って思わないでほしいんだけどさ』

そう前置きされる。

「え〜っ、思わないっすよ。俺、西さん信頼してるんで〜」

これは本当だ。西桑ぐらい正と負のバランスがよく、情のあるタイプはいないので、長く付き合っていきたい。

『頭おかしいとかビビりってからかわれるからあんま人に言ったことないんだけど、俺ってちょっとユーレイ的なものが視えたりすんだよね』

濡れたTシャツを押しつけられたように、背中がひやっとする。

「なっ、なっ、なにがっ……かなっ……」

『話半分で聞いてもらっていいんだけど、さっき松ちゃんの部屋っての？　多分、住んでるアパート的なのがふっと視えたんだよね。ハッキリとじゃなくて、雰囲気的な感じでさ。で、そこがマジでヤバい気がすんだよ。青白い顔した男がいてさぁ』

ガタガタッと背後で音がする。慌てて振り返ると、窓だ。嵐みたいな風で、窓が小刻みに揺れている。過敏になりすぎている。これは偶然、気のせいだとわかっていても、ちょっとだけちびりそうになった。

　車は若葉になった桜並木の脇を走り、橋を渡ると住宅街に入った。細い道を、ゆっくりと進む。超絶イケメンが、チラチラとナビを確認しているのがバックミラー越しに見える。こういう顔に生まれたら、毎朝鏡を見るのがさぞかし楽しいだろうな～とくだらないことを考えてしまう。

「ここって、パボハウスの最寄り駅じゃない？」

松崎の右隣に座っている小太りの弁護士、徳広が体を寄せてくる。太股と腰の肉に押されてきつい。反対側の車窓を指さすから自然とそういう体勢になってしまうわけで、多分わざとではない。

「あっ、ほんとだ！」

左隣に座る男、三井(みつい)が声をあげる。こっちは痩せているので、密着していてもそれほど圧迫感はない。両脇が徳広サイズだったら、肉のサンドイッチになってきつかった。後部座席は三人まで座れるが、それは三人乗るのが可能ということであって、快適という意味じゃない。

「祐(ゆう)さん、パボハウスって何なの？」

助手席に座っている間山和樹(まやまかずき)が振り返る。先輩の河原から担当を引き継いだものの、デビューしてから一作も書けていない開店休業状態の作家センセだ。河原は「私は大好きなの！」と推していたし、自分も悪くないと思ってはいるが、何しろ書けてない。飛べない豚はただの豚と同じ、書けない作家は……大問題だ。

「パボハウスは、アネ7(セブン)がライブをやっている劇場だよ」

徳広がセンセに教えている。

「アネ7って、アネモネ7のことっすか？」

単に確認してみただけなのに、徳広の顔色が変わった。

「編集さん、アネ7のこと知ってるの！」

目をカッぴらき、詰め寄ってくる。顔が、肉が……いろんな意味で圧が強い。

「あ……知ってんの名前ぐらいっす。俺、清純派よりギャル系が好きなんで～」

徳広がこれ見よがしに落胆する。「そうなんですね」となぜか左隣の三井も残念そうだ。興味がないのは仕方ない。好みの女の子のタイプの違いはアレだ……どこまでもまじりあわない川みたいなモンだ。

永遠に女の子の好みが相容れないであろう両脇の二人と、助手席の作家センセと、センセの弟の超絶イケメンが運転する車に乗って、新居に向かっているという今の状況。自分が「一緒に来てくださいよ～」とお願いしたとはいえ、どうしてこんな大人数になってしまったのか……理由はまぁ「最悪」の一言で説明できる。

昨日、松崎は引っ越しした。部屋で霊現象のようなものに悩まされて鬱々としていたところ、視えちゃうヤクザ、西桑の電話に後押しされて決意した。

『松ちゃんちに視えてるスーツの男さぁ、あんまよくない感じがするんだよなぁ』

西桑は自殺したリーマンなんて知らないはずなのに、電話越しに自分が知っているそいつの姿形をガンガン言い当ててきて、恐怖で心臓がプルプルと震える。

『とりあえず気ぃつけた方がいいと思うわ。じゃ！』

通話が切れる気配に「ちょっ、ちょっと待ってくださいよ！」と叫び、スマホを握り締めていた。

「マジな話、それはガチで祓ったりしたほうがいい系すかね？」

西桑が沈黙している間に、心拍数がどんどん上がる。

『……俺さぁ、視えるけどゆる系で、そういうのよくわかんないんだよ。いつもは黙ってんだけど、松ちゃんは仲いいし、何かあったら嫌だからさ。後は自分で何とかケリつけてよ』

西桑は親切のつもりだったんだろうし、実際に親切だったわけだが、途方にくれた。目の前に落とし穴があるのは教えてくれても、よけ方は知らないと言われたも同然だ。あの世のリーマンを祓いたい。けどヤクザ、半グレ、薬のバイヤーにツテはあっても、霊能者？　とか霊媒師？　の知り合いはいない。

祓えないとなると、結論は一つ。逃げの一手、引っ越しだ。部屋にそいつを置き去りにして、物理的な距離を取る。そのためには次の部屋を探さないといけない。会社からほどよい距離で駅近で安くてと希望はあるが、最優先事項は「この世のものではない輩」がいないことだ。引っ越した先にも、所属があの世の先客アリとかだと目もあてられない。この時期の引っ越し屋は高いが、それはもう仕方ない。

百パーセント安全な部屋を借りたいが、「霊がいない部屋」なんて条件を出したら、変な注文をつける客だと不動産屋に鼻で笑われそうだ。嘲笑され、ビビりと思われようが、事故物件はノーサンキュー。そういえば居住者が何人か変わると、事故、事件が過去にあっても、告知義務がなくなると聞いたことがある。部屋探しはあちらこちらにトラップが潜んでいる。

祓えなくても「視える」西条に部屋探しに付き合ってもらい「あの世の奴らはいない」お墨付きをもらおう。そう決めて連絡をとると『しばらく香港なんだよ～仕事でさ』と言われてしまった。しかも日本に帰ってくるのは来月だと聞き、軽く絶望した。

「視える知り合い、いないっすか？　誰か紹介してくださいよ～マジでお願いします」

食い下がると『んなこと言われてもさぁ』と困っていたが『ああ、いた！』と希望を見せてきた。

『視えるのとはちょっと違うかもしんないけど、出先の事故で幹部が死んだ時に、俺と組の事務所にいたそいつが「あ、兄貴が死んだ」とか言ったんだよね。俺もなんとなくわかったけど、そいつもすんげえ勘がいいなって』

「しょっ、紹介してください。って同業者すか？」

『前はよくつるんでたんだけど、最近見てねぇな……あぁ、ごめん。そいつ今ムショだったわ。ヤクでパクられてさ』

希望は一瞬で潰え『俺もツテないわ。ごめんなぁ』と通話も切れた。絶望のまま他に誰か、霊感的なアドバイスをくれそうな知り合い……と悶々としていた頭に「霊感ピッピ」という単語が急浮上した。そういえば、いた！　いいのがいた！

霊感で捜し物屋という怪しげな副業をしている、全く小説を書けていない受け持ち作家が。その捜し物屋のあるビルは、作家の持ちビル兼住居。しかも一階にあるテナントは不動産屋。店子（たなこ）の不動産屋だったら、オーナーの知り合いという強力カードで、安全安心、最高の物件を紹介してもらえるに違いない。

賄賂のつもりで「新人作家のお勧め、この一冊」というエッセイの仕事を手土産に、センセとの打ち合わせを取り付け、そこで「こういう事情があって、家探しを手伝ってほしいんすけど～（できたら一階の不動産屋に口利きしてね）」とお願いした。

「え～っ」

ちょっと古びた雑居ビルの四階にある「捜し物屋まやま」の事務所で、センセは向かいのソファに深く沈み込み、全身から『面倒くさ』というオーラをバンバンに醸し出してきた。

「お願いしますよ～」

両手を合わせてお願いする。

「ちょっちょっと下見についてきて、変なものがいないかピッピと視てもらえたらそれでオッケーですから。あ、もちろん貴重なお時間割いていただくわけですから、後で何でも好きなものをご馳走（ちそう）しますよ～肉どうですか、肉～焼き肉～」

もちろん食事代は接待費で落とす。さあ、どうだ！　とにんじんをぶら下げて反応を窺う。はっきり嫌だとは言わないものの全く乗り気じゃない空気を感じつつ「どうかお願いしますよ～」「頼れるのは先生だけなんすよ～」と粘って粘って「仕方ないなぁ」と言質を取った。そこから一階の不動産屋を紹介してもらい、「主任」と名札のついた社員が担当になって、いくつかの物件の間取りや場所を見て、最終的に二つに絞った。そこでセンセの弟も加わり、下見へＧＯとなった。センセ一人でよかったのに「二人いないとダメなんだよ～」と言われ、仕方なく弟にも同行してもらった。

センセの弟は、間山白雄という変わった名前をしている。そして「しお」の響きの通り、愛想がない。対応が超絶そっけない。恐れ多いほどの塩対応だ。最初、嫌われているのかと思ったが、誰に対しても愛想はないので、無頼な一匹狼タイプらしい。

兄弟でも、センセと弟は全く似てない。センセは背も低く童顔で、二十代半ばだが高校生と言っても通用しそうな雰囲気だ。反対に弟は背が高く、超イケメン。仕事柄、有名芸能人と顔を合わせることもあるが、そういうオーラのある人たちと比べても見劣りしない。街へ出るたびにスカウトされていたというイケメン弟の職業は、マッサージ師と堅実だ。近く独立して同じビルの三階で開業すると聞いたが、小さい頃に声が出せなくなったらしく、耳は聞こえても喋ることができない。センセは弟の口の動きを読んで話をするが、他の人にそれは無理。なのでスマホのメモに書く、もしくは手に文字を書くといった形でコミュニケーションを取っている。

喋れないとか本人にとっては大事なんだろうが、編集脳の自分はその設定、少年漫画のキャラにありそうだよな〜とついつい思ってしまう。

下見は二件。担当は「間山さんの立ち会いのもとってことで、気合いを入れていい条件の物件を探させてもらいましたよ」と愛想が良く、コレコレ〜自分が期待したのは、まさにコレだよ〜と「メチャ楽しみっす」と勢いこんで答えた。

最初の物件は、駅から五分。近くに商店街もあって便利。ただ築三十年と古く、出窓が野暮ったい。古くてもオッケーとは言ったが、自分的に「コレッ！」という感じはなかったので、二件目の物件に移動した。

こっちは築五年でまだ新しかった。電車の最寄り駅から徒歩十分と少し離れるものの、茶色の屋根に白壁の外観はスッキリしていて、内装も直線的でシンプル。キッチンはシンクの配管をわざと見せるスタイルで、かっちょいい。一件目の部屋よりも少し狭くなるが、見た目なら断然こっちだ。担当にも「今の時期、いい物件はなかなかないんですが、タイミングがよかったですね！　うちの社長の親族がオーナーの超人気物件で、予約待ちの方もいるんですが、間山さんのご紹介ということで、今回は特別です」と小声で囁かれる。「超人気」とか「特別」とか、こっちのツボをガンガン突いてくる。

家賃は五千円ほどアップするが、広いベランダがあるのは魅力的だ。ここはいい。自分のアンテナが「この部屋だ」と教えている。

担当のスマホに着信があり「ちょっとすみません」と席を外した隙に、センセの腕をとり「ここ、いいすよね」と耳打ちした。

「陽当(ひ)たりはな～」

ボケか本気なのかわからず「アレは大丈夫ですよね。お願いしてた、あの世の人関係は」と確認した。

センセが弟を見る。その視線を受けて、弟は曖昧に首を傾(かし)げた。そしてスマホに何か入力し、こちらに見せてきた。

『ここも悪くないけど、前の部屋のほうがいい』

何とも微妙なアンサーだ。

「ここでもいいってことは、変なものはいないってことですよね？」

すると弟は再びスマホに打ち込んだ。

『害のありそうなものはいない』

よかった、よかった……ってなるかーいと、自分でツッコミを入れる。害はなかったとしても「何か」はいるってことだ。

「あの……変な遠慮とかしないで、正直に、ほんと正直に言ってほしいんですけどここ、いるんですか？」

センセは「どーなの？」と弟を見上げる。すると少し時間をかけて弟はスマホに入力した。

『霊はどこにでもいる。最初の部屋にもこの部屋にもいるし、外からつけて帰ってくることもある。そういうのをいちいち気にしていても仕方ない。実害がなければ、問題ない』

どこにでもいる……という文面に、動揺が止まらない。

「あっ、あのっ、最近いろいろあったんで、できたら全くいないトコに住みたいんですけど……」

声が震える。すると弟が再びスマホを見せてきた。

『クリーンルームに住むのは、現実的じゃない』

……ショックだったが、腑に落ちた。ばい菌を恐れるあまり、除菌、除菌の生活をしたら、逆に免疫力が落ちるというヤツだろうか。ある程度のばい菌は人間の免疫強化に必要だという……何か例えがおかしい気もするが、その理屈からいくと「あの世の人たち」と共存するというのは、ある程度仕方ないんだろうか。本音を言えばクリーンルームに住みたいが、どこにでもいるというのなら、「見えない」状態で「実害」がなければ、それで可とするしかないのかもしれない。

担当が戻ってきて「ご案内中に失礼しました」とへこりと頭を下げた。

不動産屋の事務所に戻り、最終的に二件目の物件にした。どっちにも「あの世の人」

がいるなら、気に入ったほうに住むと決めた。いろいろあれど、そこそこ安全な住居が「お墨付き」で見つかったのはよかった。

そして悲劇は引っ越し当日におこった。新しい部屋、山積みの段ボールを開封できないまま、床の上に直座り（じかずわ）でコンビニで買ったパスタを食っていると、不意に周囲がチカチカした。見上げると、天井のライトが点滅している。初日から電球切れかよ、明日買いに行かなきゃとか考えているうちに、フッとなおった。何だ、これ……とうっすら嫌な感じが胸をよぎるも、霊感ピッピセンセの保証付きの部屋だから、悪いモノがいるはずがないとどっしりと構えた。

その日の夜中、ふと目が覚めた。青白リーマンに悩まされるまで、一度寝ると朝まで目が覚めることはなかった。こんな時間に起きるとか、引っ越しで疲れたかなぁと思いながら寝返りを打つ。ベランダに続く窓から、外の灯り（あか）がぼんやりと中に差し込んできていた。けっこう明るい。明日はカーテンも買わないといけない。

窓の手前に、黒い塊がある。あんなトコに段ボールを置いたっけ？　と寝ぼけた頭で考えているうちに、その段ボールが上ににょきりと伸びてギョッとした。細長いシルエットは人っぽい。もしかして誰か部屋に入ってきたのか？

前の住人がこの家の鍵を持っていて、こっそり忍び込んできたとか？　可能性としてはこれが一番だが、不動産屋は入居者が変わったら、鍵は全部つけかえると話していた。

あれは嘘か。やってます詐欺か。

　あらゆる可能性や疑惑が頭の中を高速で行き交う。その人影は、ゆっくりとこちらに近づいてくる。ヤバい、ヤバい、もしかして殺されるかもしれない。叫びたいのに、声が出ない。おかしい、体も動かない。ちびりそうなほど怖いのに、目が閉じられない。

　人影が自分を見下ろしていたと思ったら、顔がぐうううっと近づいてきた。白くて、彫りの深い目鼻立ちをした……女。こいつ、日本人じゃない。人種は違うのに、それは「青白い顔の男」と似たオカルトテイストを醸し出している。爆裂ヤバい。

　目を閉じた。頭の中で「なんみょうほうれんげーきょう……」とわけもわからぬまま繰り返しているうちに意識が遠くなり、目が覚めると朝だった。有休が溜まっていたのと、平日の引っ越しが割安だったので引っ越し当日の木曜から有休を二日もらい、土日をくっつけて四連休にしてあった。そして本日は金曜日になる。

　胸に浮かぶのは「どうして？」の疑問符。健康診断を受けていたのに、いきなり病気が見つかって余命一ヶ月と宣告された気分だ。絶望感が半端ない。その薄ら寒い苛立ちは「大丈夫」とお墨付きをくれた霊感ピッピのセンセにトルネードで向かう。あの野郎……と思いつつ、しかしまがりなりにも担当しているセンセなので、怒りを抑えて抗議のメッセージをラインに送った。十分ほど見ていたが、無反応。既読にすらならない。

　不安と怒りが膨れあがって我慢できなくなり、財布とスマホだけ摑んで「捜し物屋まやま」の事務所に駆け込んだ。センセは留守で、スマホは事務所のテーブルに置いたまま。イケメン弟が『下の法律事務所にいる』とスマホに打って教えてくれて、わざわざ二階の法律事務所まで（階段を二階分下りるだけだが）連れて行ってくれた。

「俺はっ、俺はっ、一人暮らしがしたかったんすよっ！」

叫び声が、法律事務所の応接室の中にワーンと反響する。

「せっ、責任取ってくださいよっ」

興奮して目頭が熱くなる。本当に涙がこぼれ落ちていたかもしれない。

「あそこっ、出たじゃないすかっ！」

ヨレヨレのTシャツに短パン、パジャマか部屋着かわからない雑な格好で椅子に腰かけ「んなこと言われてもさぁ〜」とセンセはカップ入りの某高級アイスを食っている。その姿を見ているだけで、苛立ちがねずみ算式に増えていく。

「人がこっ、こんなに真剣に訴えているのに、どうしてアイスなんて食ってられるんですか！」

「だって溶けちゃうし」

「話をしている間だけでも、冷凍庫に入れておけばいいじゃないすか！」

「ここ、俺んちじゃないから冷凍庫を勝手に使うのもどうかと思うしさ」

その言い方が、絶望の神経をブッ刺していく。

「あのアパート、出たんすよ。明らかに有害そうな雰囲気の奴が。こんなの契約不履行っすよ！　会社の金で食った焼き肉、全部返してくださいよっ。今すぐ！」

まあまあまあ……とデブの弁護士、ポロシャツに綿パンとまだ外に出て行ける服装の徳広が、自分とセンセの間にスイッと割って入ってくる。

「契約不履行っていっても、会社の金で食ってるなら経費で落ちるし、あなたに実害はないでしょ」

これはただ文句を言いたいだけの捨て台詞。それを丁寧に拾い上げ、弁護士に理路整然とツッこまれることなど一ミリも望んでない。

「心っすよ！　心がメタメタなんすよ！　安らかな生活が欲しくて大金かけて引っ越したのに、アレがいるなんて悲劇じゃないすか！　しかも外来種ですよ。無駄にアップデートしてるじゃないすか」

「……話が今ひとつよく見えないんですけど、アレの外来種って何ですか？」

眼鏡男、三井が隣にいるセンセにこそっと聞いている。弁護士事務所の事務員は眉尻が少々下がり気味なので、三百六十五日いつ見ても気が弱そうな雰囲気を醸し出している。

「……多分、外国人であの世に所属している感じ？」

センセがぼやき、三井が「ええっ、そっち系！」と青ざめる。

「無害だって言うから引っ越したのに、当日から心霊現象とかマジでありえないっすから、マジで！」

雄叫び(おたけび)をあげる。センセは「んなこと言われても、俺ら視えるだけで祓えないし～」と、誰かに聞いたのと同じ台詞でのれんに腕押し状態だったが、最終的にセンセと弟の二人でもう一度部屋を「確認」してもらうことで話はついた。電車で帰るつもりでいたら、センセの弟、白雄が車を出してくれることになり、なぜかそこに徳広と三井も同乗してきた。センセ曰く「昼は祐さんちで流しそうめんする予定だから、そっち行くついでに」ということらしい。まだ夏になってないのに、気が早すぎる。原稿もそれぐらい素早く……もうこれ以上は何も言うまい。

「プールの滑り台みたいな、すんげえスライダーのでっかい流しそうめんマシンがあるんだってさ」

センセの目が、海を初めて見たガキのようにキラキラしている。見た目も中身も、このセンセはガキっぽい。そういえば河原が某大御所有名作家からのパワハラ&嫌がらせで怪我(けが)をさせられて出版社を辞めた時も、その仕返しで大御所が悪事を自白する動画を撮って配信していた。自分も多少なりとも手伝ったけれど、センセの正義感は子供じみた綺麗事に感じる。世の中ってのは、清濁まざりあっているからこそより深く面白いのだ。ただしあの世の存在だけは除外で。

某大御所はベラベラ喋りすぎた上に素人にまで動画を撮られ、センセのアップした動画よりもそっちが注目されて大炎上した。最初は動画を投稿した素人を訴えると息巻いていたが、セクハラを受けたという被害者がわんさか出てきて集団訴訟になり、一気に泥沼状態。メディアにも追い回され、某大御所は今現在、イタリアに雲隠れしている。前科も女遊びも作品の肥やし、と出版業界は悪評にも寛容だったが、騒ぎが大きくなったことで世の中全体に「悪人」のイメージが広まり、仕事は減っているという話だった。

『モウスグ　モクテキチニ　トウチャクシマス』

ナビが終点を知らせてくる。車をコインパーキングに入れてもらい、いざ向かう。朝、部屋を飛び出した時は半泣き状態だったが、もう恐怖感はない。昼間だし、人数多いし、何より「得体の知れないものの正体」が解決できる奴らを連れてきたという安心感は大きい。

徳広と三井はたまたま乗り合わせただけ、関係ないしすぐすむだろうから車に残っていればいいのに「暇なんでね」と徳広がまずついてきた。三井は「一人で残るのも……」と金魚の糞みたいに後から続いた。

捜し物屋なんて不要不急のセンセの仕事と違って、徳広と三井は弁護士と事務員として法律事務所を切り盛りしている。平日にヘラヘラ遊んでいていいのかと気になっていたが、土日しか時間のない人たちのために隔週で土日に事務所を開けていて、今日は平日の代休ということらしい。

　男五人の先頭に立ち、アパートの階段を上る。途中で人の話し声が聞こえてきた。外廊下で喋っているようだが、その声に聞き覚えがある。まさか……嫌な予感に、自然と足が速くなった。

　外廊下には予想通りというか、やっぱりいた。

「マッ、ママ！」

　松崎は慌てて母親に駆け寄る。昨日引っ越しの挨拶をした隣の住人、眼鏡の女子大生と話をしていた母親、佐和子(さわこ)は息子に気づくと「あら、伊緒利さん。お帰りなさい」と菩薩(ぼさつ)の表情でニッコリと微笑(ほほえ)んだ。母親の後ろに立っていた眼鏡っ娘(こ)女子大生が「ママ？」と反芻しているのは無視する。

「どうしてうちに来てるの！」

「あなたが新しいお家(うち)に引っ越したというから、お隣さんへの挨拶がてら、お片づけを手伝おうと思って」

「ご近所さんには昨日のうちに挨拶をすませたよ。荷物も少ないから片づけもすぐに終わるし、ママにわざわざ手伝ってもらわなくても大丈夫だから。せっかく来てもらって悪いけど、俺は今から仕事なんだ。さっ、作家センセに来てもらってて、家にあがってもらって、こっ、これから取材だから」

母親は「そうなの？　お仕事の邪魔しちゃいけないわね」とため息をつき、センセたちに「いつもお世話になっております。松崎伊緒利の母でございます。息子をよろしくお願いいたします」と丁寧に頭を下げた。センセが「あっ、どーも」とひょいと首を傾ける。

「ママ、今日はごめんね。来月の休みには家に帰るから」

ぐずぐずしている母親を急かして一階まで見送り、帰した。新住所を教えていたとはいえ、母親がノーアポで現れるなんて予想外だ。妹の利湖が今年、就職して大阪に引っ越した。みんな家を出たので暇になったんだろうか。兄はカナダなので、実家の一番近くにいるのは、電車で四十五分の距離にいる次男の自分だ。

「何か、バタバタしてすんません」

部屋の前に戻ってきて、センセ以下四人に謝る。眼鏡っ娘女子大生はすでに部屋の中に引っ込んでいる。編集部や作家センセの前ではチンピラ風味のキャラでいってるから「ママ呼び」を聞かれて猛烈に恥ずかしかったが、昔からの習性を急には変えられない。

「引っ越しの片づけに来てくれるなんて、ママ優しいじゃん」

センセの言葉にモヤッとする。あれは優しいんじゃなくて、ちょっと過保護、構いたがりなんすよと思いつつ「まあ～」と適当に受け流す。

「じゃ、改めてよろしくお願いします」

部屋のロックを解除し、ドアを大きく開いて「どうぞ」と部屋に向かって右手を差し出した。

「えっ、俺が先に入るの？」

センセは不満そうにブツブツと呟きながらも、先陣を切って中に入った。次に白雄、部外者二人と続き、その最後に当主として恐怖の部屋へと踏み込んだ。

天気がいい上にカーテンがないので、部屋の中には明るい日差しが燦々と差し込んでくる。この雰囲気だと「あの世の存在」の気配は微塵もない。夜中のアレは夢だったんじゃないかとすら思えてくる。松崎はブルブルと首を横に振る。ここで気を緩めちゃいけない。アレは本当にあったことだ。

「うわっ、いかにも引っ越ししたてって感じ～」

センセは布団しか出してない、壁際に段ボールが山積みの部屋の中を右へ左へとウロウロする。

「陽当たりいいし、よいトコじゃないの～」

徳広はじろじろと周囲を見回している。部屋の中に入れたはいいものの、よく知らない他人に自分の中を手探りされる感じで、気分はよくないなと思っていたら、コレクションしているレトロな三角ペナントをイケメン弟、白雄がべろんとつまみ上げていた。

「あっ、ちょっと、あの、置いてるモンにあんま触らないで！」

服の入った段ボール箱を開けた時に上のほうにあったから、出しっ放しにしていた。昭和のお土産品の定番、観光地の名前をプリントした三角ペナントは味があって好きなので、リサイクルショップで新中古品をまとめ買いした。今じゃ殆ど作られてないし、売っている店もないので貴重品だ。

2DKとはいえ、六畳ほどの狭いスペースに四人の男がウロウロ、ウロウロ。松崎は昨夜「あの世」の方がいた場所とは対角線上にある段ボールの上に座り、じっと待った……待ったが、センセは落ち着かない猫みたいに歩き回るだけで、視てくれている気配はない。我慢しきれなくなって「あのー」と声をかけた。

「どんな感じですかね？　そっちの人は」

ここに連れてきた目的を思い出したのか、センセが「あっ」と声をあげる。そして弟に「どう？」と聞いた。弟は兄に近づくとその背中へ、二人羽織のようにぴったりとくっついた。

「昨日出てきたのは、前にこの部屋に住んでた女……」

センセがいったん言葉を切り、そして続けた。

「だってさ。この部屋でどうこうしたわけじゃないみたいだけど」

あの外国人女性の存在が俄に現実になって、忘れていた恐怖がブワッとぶり返してくる。センセ曰く、あの世の人はいても実害はないはずだったのに、どうして素人に可視化できる状態で出てきたんだろう。

「そうすか……で、その人はどうしたら成仏してくれるんですかね？」

「俺ら、視えるだけで祓えないって言ったじゃーん」

センセが口を尖（とが）らせる。

「それは聞きましたけど、幽霊がいるってことはこの世に未練を残してってのが定番ですよね。線香あげるとか、拝むとかしたらそっちの世界に行ってくれるんじゃないですか。どうしたら成仏してくれるのか、本人に聞いてみてくださいよ」

面倒くさそうにセンセがハーッと息をつく。それからしばらく、実際は五分ぐらいだったと思うが、弟を背中にくっつけたままセンセは目を閉じ俯（うつむ）いていた。

「彼女には……」

センセが俯いたまま喋り出したと思ったら、急に顔を上げた。

「子供がいた。彼女は大事なブローチ……親からもらった形見のそれを子供にあげた。子供はそれを学校につけていって、同級生に取られた。虐（いじ）めかな？　子供は悔しがって泣いて、とても気にしていたから、取り戻してあげたいそうだ……みたいな感じだってさ」

ふんふんと頷（うなず）きながら耳を傾け、最後に「んっ？」と引っかかった。

「同級生に取り上げられたブローチを子供に返してあげたくて、成仏しないでこの部屋にいるってことすか？」

センセは「そうなんじゃね」と頷く。

「……そのブローチ、どこにあるんすか？」

「まだ同級生の虐めっ子が持ってるんじゃないの？」

幽霊に、実体はない。ということは……。

「俺がそのブローチを捜さないといけないってことっすか！」

漠然と墓か死んだトコで線香でもあげりゃいいだろうと思っていたのに、想像以上に面倒なことになっている。

「ここにいる理由はそれってだけだし、そのままにしとけば？」

センセは他人事だ。

「けど、子供に返さないと成仏しないんでしょ！」

「気がかりというだけで、それほど強い念でもない。悪いものではないし、そういう霊は多い。いちいち取り合っていたらきりがない……ってさ」

センセはご神託？　というか霊感ピッピを受けて喋る時は、口調が微妙に変わる気がするが、そんなんどうでもいい。

「いやいやいやいや、俺は一刻も早く一人になりたいんすよ。安眠したいんすよ。ブローチを返せって言うならその通りにするんで、その虐めっ子ってのがどこの誰か教えてくださいよ」

センセは「子供から聞いた話で、女も詳しくは知らない」と絶望的な宣告をする。そして「お前、暑っ」と背中にくっついていた弟から離れた。

ヒントが極少の中、自分は聞き込みするというアナログな方法で虐めっ子を捜し出してブローチを取り返すしかないのか？

「そろそろ祐さんち行こうよ。そうめん、そうめん」

この件は終わったとばかりにセンセが動きだし、集団がドアに向かってゆく。松崎は慌てて廊下に立ちはだかった。

「ちょっ、ちょっと待って。俺一人にしないでくださいよ。どうすればいいか、一緒に考えてくれてもいいじゃないすか」

センセは「けどさ～腹減ったし」と口を尖らせる。

「女の幽霊はっ、成仏できないぐらい子供のことを気にしてるってことでしょ。よく考えたらカワイソーな幽霊じゃないですか。気の毒ですよ。ブローチ見つけて、子供に返して、安心して成仏させてやろうって気にはなんないんですか」

そこでパッと頭に浮かんだ。

「そういやセンセ、捜し物屋じゃないですか！　プロじゃないですか！　一緒にブローチ、捜してくださいよ！」

センセも弟も、おまけの二人も黙り込む。そこで三井がおずおずと「和樹くんたちも捜し物屋は仕事としてやってるんで、捜し物屋まやまへの正式な依頼ってことでいいですか？」とそう切り出してきた。

「依頼って、困ってるのは女の幽霊っしょ！」

松崎は思わず叫ぶ。「いやいや～」と徳広が右手で顎を押さえた。

「その幽霊に困ってるのは編集さんでしょ。幽霊の望みだとしても、あの世の人に支払い能力はないわけだから、ここは部屋の借り主の編集さんが支払うというのが順当だと思うよ」

どうしてそんな無駄金……とは思うものの、弁護士を含めた四対一では分が悪い。そして自分は安全、かつ十分な睡眠時間が欲しい。背に腹は代えられない。猛烈な理不尽を嚙みしめつつ「わっ、わかりましたよ」と了承した。

三井がスマホを取り出し、何かちゃっちゃっと操作したあと、こちらにスマホ画面を差し出してきた。

「捜し物屋への依頼書です。占いだけでなく実働が伴う場合は一日につき五千円、その他必要経費は別になっています。これで納得していただけるならここにサインをお願いします」

「えっ、捜し物屋って依頼書と署名がデジタル化とかそんなハイテクなことになってんの？」

　徳広がスマホを覗き込んでくる。

「三井っちが勝手にやってたー」

　センセはノータッチ風味だ。

「ハイテクってほどでもないですよ。こっちのほうが管理は楽なんですよね～」

　三人がワイワイやっている横で、デジタル書類にサインする。サインをするまで絶望に囚われていたが、やってしまうと急に心が晴れ晴れしてきて開き直った。

「さあ、これで俺は正式な依頼人っす。センセ、この先住人をどうにかしてくださいよ。さあ、さあ、さあ！」

　センセは面倒くさいと言うかわりみたいに「はあぁ」と大きなため息をついた。

　近所にあるコンビニで弁当を買ってきて昼飯をすませたあと、段ボールが積み重なる部屋の中、男五人が膝をつき合わせて座った。松崎が捜し物を依頼したのはセンセとその弟のコンビだが、休みでたまたま居合わせたという縁で、徳広と三井もなし崩し的に「虐めっ子からのブローチ奪還」計画に加わっている。

「幽霊の子供に会って、誰にブローチを取られたか直接聞いたほうが早いと思うんだよね。で、俺らがその虐めっ子に交渉して返してもらって、幽霊の子供に渡して終了って感じかな」

　最初にセンセが大筋のルートを作った。

「まずはその子を見つけないとですね。母子家庭だったなら、母親が亡くなった後は、父親か親戚が引き取るか、児童養護施設に預けるかのどれかでしょうね」

　三井は一人正座のまま腕組みする。

「センセ、そこんトコ幽霊に聞けないっすか？」

　ウーンとセンセが唸る。すると弟がセンセににじり寄ってぴたりとくっついた。全方向に対応が塩な弟も、お兄ちゃんは大好きらしく、スキンシップが濃い。

「幽霊もわからない……ってさ」

　何となく幽霊は全部知ってるんじゃないかと期待していたが、わからないものはわからないらしい。

「不動産屋に聞いたら、前に住んでた住人の子供の行方とか知ってるんじゃないすか。教えてもらえませんかね〜」

　センセに聞いたのに、徳広が「個人情報だから無理でしょ」とサクッと話を終わらせる。

　全員が考え込む。人捜しっていうのは、意外に難しいのかもしれない。どうやって捜せばいいのか……近所の小学校で聞き込みするか？　けど自分たちは女の幽霊はおろか、その子供の名前すら知らないのだ。

それでも、どうにかして霊との同居から解放されたい。悶々としているうちに、センセの弟と目が合った。弟が右を指さす。反射的に顔を向けたが、何もいない。背筋がゾワッとする。

「あっ、あの白雄サン。何かそっちにいるんすか?」

首を横に振り、もう一度右を指さす。

「なっ、何かいるんすよね」

弟がセンセの肩を摑んだ。するとセンセが顔を上げてきょとんとした顔で「隣」と口を開いた。

「隣の住人に聞いてみろ……って感じ?」

「ああ、それいいんじゃないの?」

徳広弁護士様が同意してくる。

「世間話のついでに探るなら、合法だし」

……隣は眼鏡の女子大生。幽霊もそこそこ若い女性だったたし、何か付き合いらしきものがあったかもしれない。聞いてみることにしたものの「前、うちに住んでいた親子の子供のほう、どこに行ったか知りませんか」とどストレートに聞いても意味不明だし、怪しいことこの上ない。

「ハンカチを使うのはどうでしょう」

三井が人さし指をたてた。

「ベランダにハンカチが落ちてたけど、お宅のじゃないですかって感じで声をかけてみるんです」

「それ、いいっすね」

コンタクトの取り方として、自然だ。

「けどさぁ、隣のベランダからこっちのベランダの間にボードあるじゃん。それ乗り越えて飛んでくるとか、台風みたいな暴風じゃないと無理じゃね？　どっちかっていうと、前に住んでた人の忘れ物って思うのが自然な気がするんだよな」

センセの意見はしごくまともで、ハンカチ作戦はアッサリお蔵入りになる。五人で集まっても、なかなか良案は出てこない。自分と弁護士チームの二人は素人だけど、センセと弟は捜し物屋だ。こういう状況の経験値は高いはずで、パンパンとアイディアが出てきそうなのに、ない。何もない。実はセンセ、捜し物屋としてもポンコツなんじゃないか疑惑が浮かぶ。解決してほしくて金をかけて依頼したのに、自分も一緒になって考えないといけないとか理不尽だ。この世の不条理を感じつつも、早くどうにかしないと今晩もあの女と過ごす羽目になる。ハンカチ、忘れ物、前の住人……子供……ハッと頭に閃いた。もしかしてアレ、使えるんじゃないか。

松崎はすぐさま「あのですね、俺……」と目の前の四人に切り出した。

ピンポーンとインターフォンを押すと「はーい」と部屋の中からくぐもった返事があった。「すみません、隣の松崎です。先ほどはママが失礼しました」と声をかける。

ドアが開き、眼鏡っ娘女子大生が出てくる。自分と母親の両方が挨拶していたからなのか、こちらを警戒する風もない。大学生なのに、平日家にいるのがどうも気になる。午前中は休講だったんだろうか。自慢ではないが、自分は大学を卒業するまで無遅刻、無欠席だった。

「あのですね〜家の中を片づけてたらこういうのが出てきたんすよ」

女子大生に、ゲーム機を見せる。松崎の私物だが、子供が持っていそうなものが他に思いつかなかった。

「前に住んでた人の忘れ物だと思うんすよね〜。まだ動くし、そこそこ高価だから捜してんじゃないかって気になってさ。渡したいんだけど、連絡先とか知らないっすかね？」

賃貸のアパートは引っ越したらクリーニングが入るのに、こんな目につく忘れ物があるわけないじゃん！　というツッコミがありませんようにと願う。女子大生は「あーっ」と尻窄（しりすぼ）みに声のトーンを落とした。

「それ、光ちゃんのかなぁ」

女子大生は右に首を傾げた。

「松崎さんの部屋、前はお母さんと子供の二人が住んでたんです。だけどお母さんがいなくなって、子供の光ちゃんが一人になって、親戚もいなかったのか児童養護施設に入ったみたいで」

母親の幽霊は外国人だが、子供の名前は光と和名だ。もしかして父親は日本人なんだろうか。身内に引き取り手がいなかったということは、父親とは縁が切れていて、母親の親族は国外なのかもしれない。

「あ～っ、そうなんすね。どうしようかなぁ」

名前と児童養護施設にいるという情報は摑んだが、東京にはいったいいくつ施設があるんだろう。そこをしらみつぶしに捜していって……と考えているうちに、女子大生が
「あそこの児童養護施設にいると思うんだけど……」とぺろっと地名を口にした。知りたい情報がタイミングよく出てきたことに、心の中を読まれたんじゃとドキリとする。

「光ちゃん、施設に入った後に何度かそこを抜けだして、ここに帰ってきたことがあるから。施設の職員の人が『見かけたら連絡してほしい』ってうちに名刺を置いていったことがあって」

女子大生は部屋の奥に引っ込み、名刺を手に戻ってきた。

「私は写真に撮ったから、それはあげます。ゲーム、光ちゃんに届けてもらえたら嬉しいな。きっと喜ぶと思うんだ」

子供の名前と居場所をあっさりゲットして部屋に戻る。名刺を見た徳広が「あーここ知ってるわ」と口をへの字に曲げた。

「うちの法律事務所、離婚、離婚、離婚がメインだから、養護施設に入ってる子供との面会を巡っての訴訟も何件かやったんだよね。施設に入ってる子との面会は難しぃよ。それが赤の他人とかだとなおさらね」

施設に行き、父親の親戚、もしくは友人を装えば簡単に会えるかと思っていたが、そうでもないらしい。施設もダメ、学校にも部外者は入れないとなると、子供と接触できる時間は登下校の間だけということになる。

あんまり役にたたないセンセだったが、不動産屋に連絡して、この部屋の前の住人は、二年前に入居した時に「小学三年生の子供がいた」という話を「世間話」として教えてもらい、子供の光が今年、小学五年生ということは突き止めた。三井がその児童養護施設の近くの小学校を検索し「多分、ここだと思います」と候補の公立小学校を見つけた。

「小学生の授業は一日五教科から六教科。五教科としたら、下校時間は二時半前後ですね。幸い今日は平日なので上手くすればキャッチできるんじゃないでしょうか」

下校時をターゲットにするとしても、まだ問題がある。「光」という名前はわかっても、肝心の顔がわからない。名前も中性的で、男なのか女なのかというトコロから不明だ。

センセに「隣の子にもう一回、詳しく聞いてみてよ」と言われたが、施設に忘れ物を届けるのになぜ顔や性別を知る必要があるのかと不審感を持たれそうで躊躇(ためら)った。これからしばらく隣人なわけだし、変な印象を持たれたくないと迷っているうちに、隣からドアの開け閉めする音が聞こえてきた。慌てて外へ出ると、女子大生がリュックを背負って自転車でスイーッと走り去ってゆく。授業は午後からだったんだろう。モタモタしている間に、情報源がいなくなってしまった。

女子大生が帰ってくるまで待てない。すると三井が子供が通っているであろう小学校から養護施設へ帰るルートを推測してくれた。そして「ここを通らないと養護施設に帰れない」という地点を見つけ、そこを通った十一歳前後に見える小学生に声をかけることにした。

打ち合わせをしながら、松崎は気づいてしまった。センセに正式に「依頼」したのだから、自分はノータッチで全て任せきっていいんじゃないのか？　そして現時点で、一番働いてないのはセンセじゃないのか？　けれど部外者の弁護士事務所チームが参戦してくれている。こっちは明らかに無償かつ善意なので、ここで自分だけが一抜けできる雰囲気ではなかった。

午後二時、白雄の車で児童養護施設の近くに移動した。捜索メンバーは相変わらずの五人。それぞれ分かれて脇道などの分岐点に立ち、通りかかった小学生に声をかけた。

幽霊の女については情報が少ない。北欧系らしき外国人なのに、日本で幽霊になった謎。死別、離婚、未婚、連れ子……どういう状況で生まれた子供かもわからない。ブローチ捜しには不要なので、そのへんは永遠に謎のままだろう。ハーフっぽい見た目の子にターゲットを絞ろうかと思ったが、日本人の父親の連れ子という超変化球の可能性もある。あれこれ考えているうちに面倒になってきて、十一歳前後なら片っ端から声をかけた。

ただこのご時世、見知らぬ男が子供に話しかけたら、それを他人に見られただけで下手したら通報されてしまう。それを回避するために、全員のスマホにセンセの飼い猫「ミャー」の写真データが送信された。その画像を子供に見せて「この猫を捜してるんだけど、見たことない？」と聞くのだ。迷子の猫捜しというスタイルを取れば、子供に声をかけても不自然に思われない。

それでも子供ばかりに声をかけると変に思われそうで、カモフラージュで大人にも聞いてみる。猫捜しはフェイクなのに「見たことある気がする」という勘違い野郎とか「大変ですね。ＳＮＳで拡散しましょうか？」とはた迷惑な親切さんが出てくる。そういう輩をやんわりかわし、声をかけ続ける。

　センセの姿は見えるものの、他のメンバーとは距離があるので、どういう状況になっているのかわからない。「光」から情報をゲットできたら全員にラインで知らせることになっているが、まだ誰からも連絡はない。

　猫捜しを装った子供捜しも、最初はアドレナリンがピューピュー出ていて勢いがあったが、一時間を過ぎると疲れてきて、松崎は白い煉瓦(れんが)を模したカフェの壁に凭(もた)れた。

「せっかくの休みに、オレ何してんだろ」と思ってしまったところから、テンションはダダ下がり。この無駄な苦労も部屋に居座ってる女のせいだと考えるとムウッと腹が立ってくる。本当なら今頃、段ボールが次々と開封され、部屋が着々と片づいているはずだったのに。

　誰か早く「光」を見つけて情報ゲットしてくんねぇかなぁと思いながらスマホを確認していた松崎の前を、小さな気配が行き過ぎた。残影に慌てて顔をあげる。陽に透ける、淡い色の髪。黒いランドセルを背負った背中が見える。

「ねえ、ちょっと」

　黒いランドセルは立ち止まらない。慌てて追いかけ、追い越して子供の前に回り込んだ。道を塞ぐ強引な形だったので、子供はぴたりと足を止める。

　背は百三十センチぐらいだろうか、高くはない。手足が枝みたいに細い。栗色(くりいろ)のふわふわした髪に、小さな顔。白い肌に高い鼻。薄茶色の瞳。芸能人でも見ないほど綺麗な子だ。自分には縁のない「美しさ」に、子供ながら圧倒される。あの幽霊の女の顔に似ている気もするし、この子が「光」なんじゃないか。

その子は子供らしくない、まるでウンコでも見るような不快感バリバリの瞳で松崎を見上げる。コンパではたまにそういう目を自分に向けてくる女の子がいるけれど、子供にやられるとキツい。

大人びて見える表情以上に気になったのは、着ている服だ。ブラウスの襟にレース、前立てにレース、袖口にレース。そしてふくらはぎぐらいの丈のスカートの裾にもレースが何段にも重なって、とにかくくどい。昔、曽ばあちゃんの家で見た、ガラスケースに入ったフリフリドレスのフランス人形を思い出す。似合ってないこともないが、一般的に超ど派手に分類される服に、今日はガッコで発表会でもあったのか？　という疑問が胸をよぎる。

「呼び止めてごめんな。俺、捜し物屋をやってて猫を捜してんだけどさ、こういう奴見たことない？」

個性が強烈なその子に、スマホに表示した猫の画像を見せる。首を伸ばし、スマホを覗き込んだ子供の睫は長い。

「……知らない」

派手な外観に反して、声は小さい。

「そっかぁ。こいつ、この近くで迷子になったんだよなぁ。ヒカルって名前なんだけどさ」

第二ステップで、ちょっと引っかけてみる。子供の薄茶色の瞳がぐわっと大きくなった。

「名前、僕と同じ」

正解！　こいつがあの女の幽霊の子供、光で間違いない。センセの「子供ってさぁ、自分と同じ名前だったら、絶対に黙ってられないと思うんだよ」という読みは当たった。ウンコを見る目が、人を見る目になった。警戒心がいくらか薄れた気がする。

「ほんとか？　すごい偶然だな。じゃ」

子供に背中を向け、歩き去る振りをしながら松崎はわざと小銭入れを落とした。ボサッとけっこうな音がして、ちっともさりげなくないが、気づかないふり。光が拾って自分に声をかけるというパターンを期待しているが、ない。声をかけてきた大人が小銭入れを落としたのを見てないんだろうか。それとも落としたのを拾って、こっそりネコババとか……。

あの小銭入れに入っているのは五百円ぐらい。小銭入れも安物で取られても惜しくはないが……小学生の良心に期待するもんじゃない。小銭入れを回収するつもりで、落としたことに気づくパフォーマンスとしてズボンのポケットに手を突っ込んだところで、服がクッと引っ張られた。振り返った先に、薄茶色の瞳。小さくて白い指が、松崎のシャツの裾を摑んでいる。

「なっ、なに？」

光は「落ちた」と呟き、小銭入れを差し出してきた。

「あっ、あ〜れ〜俺のじゃん。どっかに落としたかな。拾ってくれたのか？　ありがとうな」

大根度百パーセントの自己評価の演技に、光ははにかんだように俯いた。最初、凄まじい美力で人を圧倒したくせに、照れると年相応に見えて内心、ホッとする。

「お前、いい子だなぁ」

光は無言のまま、照れた表情で首を横に振る。悪くない雰囲気だ。第三ステップに移行する。

「拾ってもらったし、何かお礼をしなきゃな」

ひとまずそう前置きする。

「実は俺、たまーに人の心が読めちゃったりするんだよ」

光が眉を顰め、ちょっとだけ首を傾げる。疑っている顔だ。

「お前さ、虐めっ子にママのブローチ、取られたことあるだろ」

子供の表情が、一気に青ざめる。

「ど、ど、ど……どうして」

声を震わせ、光は二歩後退った。

「小銭入れを拾ってくれたお礼に、俺がそのブローチを取り返してきてやるよ」

光が両手を胸の前で組み、ハアハアと胸を喘がせる。

「……うそ、うそ」

小さい声で繰り返す。

「嘘じゃねえし。取り返してやるから、ブローチ取ってった虐めっ子の名前、俺に教えてくれね？」

「そんなの、ぜったいにうそだ」

警戒して教えてくれない。まぁ、さっき会ったばかりの兄ちゃんにいきなり自分の過去を言い当てられたら、薄気味悪いってのはわかる。自分だって逃げ出すかもしれない。けどそこは子供ならではの不注意さで教えてほしい。

「じゃあさ、嘘って思っててもいいから、虐めっ子の名前を教えてくれね？　教えたって別に減るもんじゃゃないだろ」

光は不機嫌な形に口を引き結んで俯く。頭を上げて、下げてを繰り返し、何度目かでチラッと松崎の顔を見た。

「こいし、たかひと」

ぼそりと答える。

「こいし、たかひとね。漢字わかる？」

「小さい石。たかひとは、一章二章の章に人間の人」

スマホにメモする。

「……みつば谷小学校の五年生」

追加情報も教えてくる。

「了解オッケー。小石野郎からブローチを取り返してくるから、まぁ、楽しみにしてな」

光は口も半開きのまま、呆気(あっけ)に取られた顔でこっちを見ている。

「光、その人だれ？」

子供の背後から、ランドセルの男の子が近づいてくる。目的は達したので「じゃ、またな」とヒラッと体の向きを変えて足早にその場を立ち去った。そして聞き込みメンバーの四人に「虐めっ子の名前ゲット！　帰還」とメッセージを入れた。

虐めっ子の氏名と学校がわかったので、ブローチを奪還すべく早々にみつば谷小学校へと移動した。当然ながら、そこは松崎のアパートから歩いて五分ほどの立地だった。

「光」をキャッチするのに二時間ほど時間がかかり、みつば谷小学校への到着は午後四時半を過ぎていたので、下校した子も多かった。小石章人への接触は、日を改めたほうがいいのかもしれない。月曜日、光の時みたいに登下校を狙って……と考えていると、センセに「誰かいらないキーホルダー的なモノとか持ってねぇ？」と聞かれた。

柊出版、最初にして最後のヒット作じゃないかと言われている漫画「ブルードレイク」という近未来戦闘漫画のキャラ、ドレイクのストラップがサンプルとして配られたので、好きでもなかったけれど目印がわりに家の鍵につけていたのを思い出し「これでいいっすか？」と見せる。「もらってもいい？」と聞かれたので「どーぞ」と差し出した。

センセは「祐さん、ペン貸して～」と徳広からボールペンを借り、キャラの背中に「小石章人」と名前を書いた。

センセは「そこのコンビニで待ってて」と車を降り、学校から出てきた高学年らしき男の子に駆け寄っていった。コンビニの駐車場に車を入れると、徳広が場所代のつもりかペットボトルの飲み物を五本買ってきたので、待機組は車内で飲みながら待つ。徳広はダイエットコークを飲んでいて、一応体形、気にしてんだな～と思っているうちに、センセが戻ってきた。

「ストラップ拾った～この子に返したいんだけど～って話して、情報収集してきた。小石章人、明城塾ってトコ行ってんだってさ」

センセはサイダーをがぶ飲みし、そして盛大にむせ込んでいた。三井は「大丈夫ですか？」とセンセの背中を摩りながら「そこって都内屈指の超進学塾ですよね。僕の時代は、その塾に入るのに試験があって、大変だったんだけど今でもそうなのかな」と遠い目をする。

「今でも超、超進学塾だよ。一昨年だったかなぁ、明城塾の入塾試験に子供が落ちたのが原因で離婚した案件、担当したよ。とにかくハードな塾で、学校受験よりも厳しいらしくてさ。学生の本分は勉強とか言っても、ちょっとどうかと思うね」

徳広が肩を竦める。

「小石章人はちょこちょこサボってるって言ってたな。弟が明城塾に行ってるから、そこで返せるかな〜とか適当に話したら、小石君は本校だよって教えてくれた〜」

言い終わると同時に、センセは「サイダー、こっちまできた」とティッシュでチーンと鼻をかんだ。

順調に情報をゲットして、今度は明城塾の本校がある都心に移動。午後五時をかなり過ぎて陽が陰り、辺りは夕暮れの雰囲気が漂っている。

大人数での聞き込みは怪しすぎるので、今回もセンセ一人がドレイクの薄汚いストラップ（小石章人の名前入り）を握り締めて「落とし物拾ったんだけど」作戦で塾から出てきた生徒に聞きまくる。背が低くて圧がなく、人懐っこくて物怖じしない。センセが「誰も傷つけない嘘」で、地味に捜し物をしていく姿を見て、もしかして、もしかして、センセは文筆業よりもアナログな捜し物屋の方が向いているんじゃ……と思ってしまったが、それは胸の中にそっとしまった。十分ほどで顔見知りが見つかったらしく『小石章人、呼び出してくれるって子がいた～』とラインに連絡が入った。

光から、母親の形見のブローチを取り上げた小石章人という子供。虐めて奪ったという話だったから、小学生にありがちな、体が大きいことがステイタスの、いかにも虐めっ子といったクソ意地悪臭が漂う子が出てくるんじゃないかと想像していたが、違った。身長は小学校高学年の平均くらいで、光よりは高い。細身で、でかい眼鏡をかけている。今はどうか知らないが、松崎の時代にあてはめると委員長タイプの奴だ。

仕事を受けているという自負があるのか、センセが小石クンにブローチ返還の交渉をすることになった。残りのメンバーは周辺に適当に散らばり、時間潰し。取り上げたものを返せと言われたら、どういう反応をするんだろうという好奇心から、センセの近くに陣取って、スマホでゲームをやっている振りで二人のやりとりを盗み見した。

「あなたが僕の落とし物を届けてくれた人ですか？」

小石クンは喋り方もおとなしく、そこはかとなく品が漂う。明城塾は金がかかるのは自分ですら知っているので、親はそこそこ裕福なんだろう。

本当にこの子が虐めをやっていたんだろうか。幽霊の訴えがなかったら、人違いじゃないかと疑ってしまうレベルだ。センセは小石クンの顔をじーっと覗き込む。どんな交渉テクニックを使って子供にブローチを盗んだと自白させるのかと期待していたら、

「忘れ物っていうの、嘘なんだよ～」といきなり手の内を明かした。

「同級生でさ、転校してった子で光ちゃんていただろ」

小石クンの顔が「光」の名前でバリバリに強張ったのが離れていてもわかる。そしてセンセの問いかけに否定もしなければ、肯定もしない。

「その子のブローチさぁ、君が持ってるよね」

小石クンはバッグを胸の前で抱え、首をブルブルと激しく横に振る。その姿を横目に

「あーこりゃクロだわ」と確信する。全身から後ろめたさを滲ませていた小石クンが、数歩後退った。やっべ、逃げられんじゃねと思った瞬間、センセが小石クンの手首を摑んだ。「やっ、やだっ」と虐めっ子が抵抗する。

「それ、返してくんない。光ちゃんのママの形見なんだよね」

小石クンの動きが止まる。怯えた目でセンセを見て「か、た……み」と反芻する。

「そう。すんごく大事なモンなの」

センセが小石クンの手首を離し、かわりに『返して』のジェスチャーで右手を差し出す。俯いたままの小石クンが「……今は持ってない。家にある」とゲロる。

「そっか〜じゃあさ、光ちゃんのとこに自分で返しに行ってよ。明日土曜でちょうどいいじゃん」

小石クンがじっと、上目遣いにセンセを見ている。

「……光、今どこにいるの？」

センセはすこし考えて、女子大生からもらった名刺を小石クンに渡した。

「ジドウヨウゴシセツ……」

小石クンがボソボソと名刺を読み上げる。

「そこにいるよ。場所がわかんなかったら、俺に連絡して。何なら一緒についていってやるからさ」

捜し物屋のショップカードも手渡す。

「返すって約束できる？　できるなら俺はこれ以上、何にも言わないし」

小石クンはコクコクと頷く。

「じゃあ行っていいよ。急にあれこれ言われて驚いたろ。ごめんな」

虐めっ子は俯き加減、足早に建物の中に戻っていった。クソ意地の悪い、不良レベルの悪ガキと「ブローチを返せ」「そんなん知るか」という壮絶バトルを想像していたが、そうはならなかった。

ブローチの返却が明日になったことで、部屋には本日も幽霊のご滞在が決定。頼み込んで、今晩はセンせんちの事務所に泊めてもらうことになった。三井が以前家を焼け出された時も、しばらくセンセの家の事務所で寝起きしていたらしい。

「そういやブローチ盗んだ子って、虐めっ子って感じではなかったすよね」

結局事務所に持ち込まれた、横四十センチ、長さ八十センチ、高さ三十五センチのプールの滑り台みたいな流しそうめんマシン、そこを駆け抜けてゆく今年初そうめんを箸ですくいとり、松崎はツルッと一口でいった。

「そうね～」

徳広が適当な相槌を打ちながら、滑り台の上流をせき止める形で大量にそうめんをゲットする。

「祐さん、それやったら下流にそうめん来ねえじゃん。ちょっと手加減してよ！」

徳広の向かいにいるセンセが文句を言い「あ、すみませーん」とそうめん奉行になっている三井が、向かいから滑り台にそうめんをドカドカと流していく。スライダーからそうめんが決壊しそうな勢いで流れてきて、松崎は慌ててすくいとった。センセの弟は滑り台を流れるそうめんに何のエクスタシーも感じないらしく、興奮するオッサンたちと兄に見向きもせずに一人で皿に取って黙々と食っている。

住居に続くというドアの向こうでは「うみゃん、うみゃん」とセンせんちのキジトラの猫、ミャーが悲しげに鳴く声が響いている。以前、ミャーは大失態をおかしたらしく、みんなで集まって食事する際は住居部分に隔離されているという話だった。

「小石君てさ、基本いい子なんだろうな～」

センセが大量のそうめんを一気に飲み込む。続きが聞きたいのに、それらが咀嚼（そしゃく）されるのを待つ間、タイムラグができる。

「けど人のものを取ったわけっすよね」

自分の倫理観からすれば、人のものを取るのは犯罪だ。そこに大小は関係ない。バックグラウンドが黒い人たちは大好きだが、自分の倫理観がしっかりしてないと、長く付き合えない。

「あれは、まぁ……」

センセが言葉を濁す。

「アレですよね」

三井が同意する。

「あれだよね」

徳広も追随する。三人の間に流れる、暗黙の了解感。自分だけがどうも状況が読めてなさそうな雰囲気に、焦りを覚える。

「えっ、なっ、何なんすか！　どういうことっすか」

多分ですけど……と喋りながら、三井がそうめんを滑り台に投下する。

「好きな子ほど虐める的なやつかなと。それもちょっと違うか。単純に、好きな子のものが欲しいっていう感じじゃないかな」

三井が教えてくれる。そこでぴったりとピースが嵌まった。最初に「虐め」って先入観を植え付けられたことで、自分は罵詈雑言や暴力を想像したが、胸キュンの甘酸っぱいほうか！　そして自分が「そっち」を想像しなかった理由もわかった。

「けど光って、男っすよね？」

松崎の指摘に、センセが「はっ？」と反応する。

「俺、チラッと見たけどさ、フリフリスカート穿いてたじゃん」

「けど男っすよ、多分。俺、ほ乳類は雄、雌外したことないんで。メチャクチャ綺麗な子だけど、男でスカートって変わってんなぁ～って思ったんで」

徳広が「ふむ」と腕組みし、鼻を鳴らす。

「好きになったのが、綺麗な男の子かぁ。小学生でそのシチュとか、俺でも悩むな～」

わいわい雑談をしながら大量のそうめんを消費し、その夜は事務所のソファで寝た。霊感ピッピさん宅なので安心安全保証付き。その安心感からなのか、一度も目を覚まさず朝までぐっすりと寝ることができた。

土曜日の朝、小石クンから「捜し物屋まやま」に電話があった。光にブローチを返すのに、一緒についてきてほしいという。センセが行く予定だったが、飛び込みの客が来た。

　そこで急遽、松崎が向かうことになった。この事件の結末を見届けたいという思いと、依頼料をまだ支払ってなかったから、依頼人自ら積極的に参加することで、割り引いてもらえるんじゃないかという打算があった。

　待ち合わせの駅前にやってきた松崎を見て、小石クンは「誰ですか」と警戒心ありありだったが、「捜し物屋まやま」のショップカードを渡して事情を話すと納得してくれた。

　そこの駅から養護施設の最寄り駅まで電車で十五分。小石クンは俯き、そして右手には白い紙袋を握り締めている。

「そこに入ってるの、光のブローチ？」

　問いかけに、小石クンは小さく頷いた。

「相手が大事にしてるのに取っちゃアウトだけどさ、お願いしてもらう分にはセーフかもよ」

　小石クンがこっちを見る。

「それ返す時にさ『何でもいいからいらないものちょうだい』って言ってみ」

　小石クンは紙袋を握り締めたまま、コクリと頷く。光は超ド級の美少年なので、好きになってても無理ねーなーと思う。「青春だねぇ」とこっちが気恥ずかしくなってくる。自分の初恋は、幼稚園のセンセだった。中学、高校と好きな子、気になる子はその時々でいたものの、告白したことはない。恥ずかしかったたし、その子と二人でデートしてる自分とか想像できなかった。

小学生でも恋をするのだ。俺も彼女、欲しいわ〜と切望するも、できない。相手にされない。そしてギャル系女子のＡＶコレクションばかりが増えていく。まぁ、社畜、社畜って自分を卑下しつつ、仕事楽しいからいいけどねぇ……と自らを慰める。しょうもないことを考えているうちに、児童養護施設の最寄り駅に着いた。

大人の面会は問題ありでも、小学校の同級生なら会えるだろうと徳広も話していたので、小石クンだけ行かせて、松崎は施設の出入り口が見える電柱の陰で、ゲームをしている振りをして小石クンが戻ってくるのを待った。

施設の前には、小学校の校門みたいな可動式の鉄のゲートがあり、今は閉められている。インターフォンを押すと、しばらくして職員が出てきて、小石クンはゲートの内側にするっと入っていった。

やってる振りのゲームが面白くなって、つい夢中になる。あともうちょっとでステージクリアってところで「ねぇ」と声をかけられた。小石クンが戻ってきていたことに気づかなかった。

「おう、どうだった？」

小石クンは両眉が下がり、今にも泣きそうな顔をしている。ブローチは返したけど、光に怒られたんだろうか。いらないものを欲しいと言っても、何ももらえなかったんだろうか。何かあった？　と声をかける前に聞かれた。

「光のお母さん、死んだんだよね」

「そうだけど」

「お母さんは死んでない。行方不明なだけで、いつか帰ってくる。形見なんて言うなって、光にすっごく怒られた」

小石クンが涙ぐむ。松崎はゴクリと唾を飲み込んだ。自分の部屋には幽霊がいる。光のママの幽霊だ。幽霊ってことは、あの世の住人ってことになる。けど光は知らなかった。いや、光だけじゃない。もしかして誰も……あの外国人美女が死んだことに気づいていないのか。気づいていないってことは、死体は見つかってないってことだ。じゃあ死体はどこにあるんだ？　天気がいいのに、ちっとも寒くなんかないのに、背中にぞわっと怖気が走った。

センセの事務所に寄らず、自分の部屋に帰った。ブローチも返し、希望は叶えた。これであの女の幽霊は成仏したに違いない。スッキリ片づいたのに胸のモヤモヤが晴れず、畳んだ布団の上に腰かけてぼんやりする。昼も過ぎて腹は減っているのに、食欲もない。ブローチを返すのは、母親の希望だった。その通りにしたのに、まさか「死んだ」ことを子供が知らなかったなんて予想外だった。

ピロンとスマホが鳴る。センセからで『どう、返せた？』というメッセージがラインに入る。返せた、返せたが……どうすればいいんだろう。いや、こんなのどうしようもない。どうにもできない。っていうか、いつか死んだことがわかる日が来たとしてもそれが今日でよかったのかどうかはわからない。そこまで責任は持てない。自分は関係ない。だから深刻に考えなくてもいい。光のママは、失踪したのだろう。そして死んだ。事故か自殺か、それはわからない。いや、まだ生きてて、生き霊って可能性も残っている。

関係ないと振りはらおうとしても、気になって気になって仕方がない。母親の死を、その可能性を、教えてしまった罪悪感。だからといってこれ以上、光に関わる必要はない。自分はたまたま、この部屋に越してきただけなのだ。

罪悪感から逃れたいのに、逃れられなくて頭がぐちゃぐちゃしてくる。布団を広げ、その上に突っ伏した。センセにレスもせずにぐずぐずしているうちにインターフォンがピンポーンと鳴った。ビクリと体が震える。

宅配の荷物が届く予定はないので、無視した。だけど、またピンポーンと鳴る。間をおかずに、またピンポーン。悪戯（いたずら）というよりも、近所で何か事件があったのかもしれないと心配になってきて「はーい」と返事をした。

ドンドンッとドアが激しく叩（たた）かれる。ただ事ではない気配に、慌てて玄関に駆け寄りドアを開けた。

「ママッ！」

小さな塊が腹に突撃してきて、松崎は後ろに吹っ飛んだ。腰から落ちて尾てい骨を打ち付け「痛えっ」と叫ぶ。顔に淡い色の髪がふわっとかかる。

「ママッ、ママッ！」

しがみついてきた塊が体を起こし、松崎を見て「ママじゃない」と絶望的な顔になった。光だ。

「ママッ、ママッ」

子供は立ち上がり、部屋の中を歩き回った。そしてリビングの真ん中にしゃがみ込むと、ワアワアと大声をあげて泣き始めた。

「なっ、泣くなよっ。泣くなっ」

駆け寄り、必死になってなだめる。目が溶けるんじゃないかと思うぐらい涙を流していた光がこっちを見た。

「……捜し物屋のお兄さん」

泣き腫らした瞳が、見つめてくる。

「どうしてここにいるの？　お兄さん、ママのこと知ってる？」

「あ〜っいやぁ、一昨日ここに越してきたばかりでさ。ハハッ」

自分の笑い声が虚しい。光がずるずると鼻を啜るので、慌ててティッシュを差し出した。チーンと鼻をかんだあと「猫、見つかった？」と聞かれた。

一瞬、何のことかわからなかった。すこし考えて、フェイクの猫捜しをしてたなと思い出す。

「うん、見つかったかな」

光は鼻を啜り上げた。昨日もフリル満載の服だったが、今日もフリルのブラウスに、ピンクのスカートだ。

「よかったね。僕のところにもママのブローチが戻ってきたよ」

力なく伏せられていた光の目が、急に強くなる。そして松崎のTシャツの裾を摑んだ。

「お兄さん、捜し物屋なんだよね」

「えっと、そっちはバイトっていうか……」

「ママを捜して。お金、ちゃんと払う。今は払えなくても、大人になったらちゃんと払うから、僕のママを捜して！」

光の顔は必死だった。

「ママは死んでない。絶対に死んでない。どこかにいる。絶対にいるから、ママを捜して……」

喋りながら、光の薄茶色の瞳から再びぶわっと涙が溢れた。見ているこっちの胸まで、泣いているみたいにヒリヒリしてくる。

「お兄さん、お願い。お願い。お願いだから……ママ……ママ……僕のママを捜してよぅ」

必死でしがみつかれても、何もできない。自分は「捜し物屋」でも何でもなく、ただの編集者なのだ。だから「そんなに泣くなよぅ」と言ってやることしかできなかった。

第二章

ザブレフ光の孤独

駅を降りてすぐ右に曲がって、コンビニを二つ通り過ぎてからちょっとだけ歩いて、牛丼屋のいい匂いの前まで来たら、向かいにビルが見えてくる。四階まであって、外側が深緑色のタイルでくすんでいて、最初は何だか古そうだなって思った。

ビルの一階は「サンライズ不動産」って看板が出ている。その横に上の階に行く入り口があって、奥に階段が見える。入り口から中を覗き込んだら、人が下りてきてた。慌てて道に出て、タイルの壁に背中をくっつけて俯く。勝手に自分の息は小さくなる。中から出てきた人が、目の前を通りすぎた。首にタオルを巻いて、黒い半袖のTシャツ。だぼっとしたズボン。工事現場によくいる人の服だ。

大工さんかなぁと思いながら、ザブレフ光はもう一度、入り口から中を覗き込んだ。誰もいない。足音もしない。身を隠す猫のようにひょいと中に飛び込んで、階段を一段飛ばしで駆け上がった。

二階を通りすぎて、三階に行く。奥にある部屋のドアが大きく外側に開いていて、がらんとした部屋の中がチラリと見えた。そして四階。四階までやってきて、ホッと息をつく。走ったから、心臓がドキドキしている。おでこに手をあてたら、じわっと汗をかいてた。雨が降ると寒い時があるけど、晴れると蒸し暑い。雨が降ると、施設の職員が「また洗濯物が乾かないわ。だから梅雨時って嫌なのよ」って不機嫌になる。

四階には二つドアがあって、手前のドアには何も書いてない。細い通路の突き当たりにあるドアには横長の小さな看板がついている。ここに来たのは、二回目。走った後とは違う感じで胸のドキドキが大きくなってきた。

ここまで来たのに急に帰りたい気がしてきて、背中がムズムズする。「伊緒利ちゃんの知っている人だから大丈夫」って声に出してみても、自分はあまりよく知らないから、話すのがちょっと怖い。でも、どうしても聞きたいことがある。

クッと歯を噛みしめて、奥まで歩いた。「さ、が、し、も、の、や、ま、や、ま」と看板を読んでから、えいっという気持ちで音符マークのボタンを押す。ドアの向こう、ピンポーンとこもった音が響いているのが聞こえてくる。

しばらく待っても、返事はない。音はしてるのに、気づいてないんだろうか。もう一回押してみる。インターフォンが鳴った後も、部屋の中はシーンとして静か。試しにドアノブを摑んで回してみると、ガチッと止まった。鍵がかかっている。

「すみません。誰かいませんかぁ」

声をあげて、ドアを叩く。二十回ぐらいドンドン叩いたあと、ドアにそっと耳を押しあてて中の音を聞いてみた。何も聞こえない。

捜し物屋の和樹さんはいない。もしかして、ママを捜しに行っている？　ここで待ってたら、そのうち帰ってくる？　もうお昼を過ぎているけど、夕方までには会えるかな。

四階の通路をウロウロと歩き回り、立っているのに疲れて、ドアの前に膝を抱えて座り込む。つま先がちょっと痛かったのを思い出して、スニーカーの踵(かかと)だけ床につけて、足を左右に振ってみる。ピンクの靴紐(くつひも)がユラユラ揺れる。

静かだったのに、ゴンゴンとかチュイーンとか、工事をしてるっぽい音が、小さな揺れと一緒にお尻の下からあがってくる。

靴紐が緩んでいたから、きつめに結び直す。もとは白い靴紐だったけど、ピンクがいいって言ったら、ママが買ってきてくれた。「光、ぴんく、すきね」と笑っていた。ママの笑顔を思い出したら、目の奥がじわっと熱くなってきて涙が出てくる。

二月の寒い日、ママはいなくなった。仕事に行ったきり、家に帰ってこなかった。ママが日曜日に仕事がある時は、ママの友達のエリザの家に行くけど、その日は何時になってもママは迎えに来てくれなかった。そんなこと、初めてだった。

次の日になっても、その次の日になっても、ママは帰ってこない。いなくなって五日目、エリザに「オーナー、ケーサツに、ママのユクエフメイトドケ、だした」と言われた。

ママがいなくなったから「すずらん園」っていう児童養護施設に連れて行かれた。本当は家でママを待っていたかった。そうしないと、帰ってきたママが「光、いない？」ときっと心配する。「お家でママを待ってる」と嫌がったら、エリザは「おカネない、こども、へやすめない」と首を横に振った。

さん、よん、ご、ろく……指を折って、月を数える。ママがいなくなったのが二月で、今は六月。ママは帰ってない。どこにいるのか、どうして自分を一人にしたのか、何もわからない。

ママに会いたい。ママの顔が見たい。ママの作ったボルシチが食べたい。スニーカーの中で、ちょっとつま先を曲げた。このスニーカーを買ってもらったのは、四年生の時だ。足が大きくなって、つま先が痛いと言ったら「あたらしいくつ、かいにいこうね」とママは約束してくれた。けど買いに行けなかったから、つま先はずっとぎゅうぎゅうのままだ。

ママがいなくなってからずっと、夜になると泣いていた。いつもママと一緒の布団で寝ていたから、ママがいないのが寂しかった。子供の自分が悔しい。大人だったら、きっとお金があるからアパートを出て行かなくてよかったし、児童養護施設に行かなくてよかったし、学校なんて行かなくてよかったし、きっとママを捜しに行くことができた。

子供にはできないことばっかりで、どうすればいいのかわからなくて、すっごく腹が立つ。腹が立って、けど自分を叩いたら痛かったから、痛くない髪を切った。髪を摑んで、鋏でジョキジョキ切った。ママが綺麗だって褒めてくれた髪を切った。そしたら同じ部屋の子に見つかって、その子が職員を呼んできて、大騒ぎになった。ガタガタの髪の毛は、片づけしないおもちゃ箱みたいにグチャグチャだったのに、職員が長さをそろえて、何もなかったみたいにシュッと整った。

今はもう、夜に泣かない。子供の自分のかわりに、捜し物屋の和樹さんがママを捜してくれてる。きっとママは見つかる。捜し物屋はお仕事だから、人捜しを頼むとお金がかかる。そのお金は伊緒利ちゃんが貸してくれている。返すのは、大人になってからでいいって言ってくれた。大人になったら、たくさんお金を稼いで、伊緒利ちゃんに返さないといけない。

最初、伊緒利ちゃんに声をかけられた時は、すごくケイカイした。前歯の間に隙間があって、猫背で、悪い人に見えた。子供を誘拐する大人がいるから、気をつけなさいって学校の先生に何回も注意されてた。

伊緒利ちゃんは自分と同じ名前の、迷子の猫を捜していた。財布を落としたので拾ってあげたら、お礼にママのブローチを取り返してやるって言ってきた。ブローチを取られたことはママにしか話してないのに、どうして知っているのかびっくりしたし、何だか心を読まれているみたいで怖かった。怖いけど、本当にブローチを返してもらえるなら、返してほしかった。あれはとても大事にしてたし、大好きだった。

ブローチ、本当に戻ってくるかな、どうかなって、わくわくしながら眠った。

そしたら次の日、ブローチが戻ってきた。すずらん園の職員に「前の小学校で同級生だった小石君って子が、光に会いたいって来てるよ。ブローチを返したいんですって」と言われた。伊緒利ちゃんが持ってくると思っていたから、小石が返しに来るなんて想像もしてなかった。「オカマ」って人のことをからかって、髪を引っ張って、嫌なことするから大嫌いだった。小石の顔なんて見たくない。けどブローチを返すっていうから、返してほしかったから、仕方なく会ってみた。

小石は学校の先生の前でだけ見せていたおとなしい顔で「これってママの形見なんだろ。ごめんな」ってブローチを返してきて、ギョッとした。もう死んでて当たり前みたいに言われて、ショックで胸の中がミキサーに突っ込まれたようにぐちゃぐちゃになった。

「ママは死んでない。死んでなんかないからっ」

大声で怒鳴った。人の物を取って、ママの形見なんて言って、小石はいつも自分を嫌な気持ちにさせる。嫌い。消えちゃえばいいのにって思った。

「光のママさぁ、もう死んでるんじゃないの？」と隣の部屋のマヤにも言われたことがある。「絶対に死んでない。行方不明だから」と言い返しても「けどさぁ、ずっと帰ってきてたのに、その日だけ帰ってこないって、おかしいじゃん」としつこくて、もしかして、みたいな気持ちがチラッと出てきたら、それがモンスターみたいにぶわっと大きくなって、我慢できずに泣いてしまった。マヤは「ごめんね。ママが迎えに来るかもしれない光が羨ましかった」って謝ってくれた。その気持ちはわかる。マヤはお父さん、お母さんが順番に死んで、小学二年生の時に園に来てる。マヤのママは、もう迎えに来られない。だけど小石はマヤと違う。あいつは絶対に許さない。

小石に「形見」って言われたせいで、消えていたモンスターがまた大きくなった。寂しくて、我慢できなくて、どうしてもママに会いたくなった。

だからその日、おこづかいを握り締めて、すずらん園を抜けだした。電車に乗って、ママと暮らしていたアパートに帰る。ママが戻ってきて、そこにいる。絶対にいるって気がした。

ママはアパートにいなかった。そのかわりに、伊緒利ちゃんがいた。ブローチを返すって、約束をちゃんと守った伊緒利ちゃんがいた。約束を守る大人で、猫を捜してて、不思議な力を持っている伊緒利ちゃん。だからお願いした。「ママを捜して」って泣いて泣いてお願いした。

そしたら伊緒利ちゃんは「捜し物屋まやま」に連れて行ってくれた。そこには捜し物を仕事にしている背の低い和樹さんって人と、眼鏡をかけた細長い男の人がいた。伊緒利ちゃんは、ママを捜してくれるよう頼んでくれたけど、和樹さんは「う〜ん」って困った顔をしていて、断られてしまいそうで、必死で「お願いします」と何回も頭を下げた。その時は「少し考えさせて」って、和樹さんは捜すとも捜さないとも言ってくれなかった。

すずらん園に帰ったのは夜で、伊緒利ちゃんがついてきて「光が前に住んでいた家の住人です」って職員に話してくれた。伊緒利ちゃんの前だと職員は静かだったのに、帰ったあとですっごく怒られた。自分が嫌いな職員に「もうこれで何度目なの」とキンキンした声で怒鳴られた。

次の日、伊緒利ちゃんから「ママ、捜してもらえることになったから」と園に電話があった。電話を取り次いでもらった事務室では怒られるので静かにしてて、廊下に出てから飛び上がって喜んだ。

子供は何もできないけど、大人の力を借りたら、ママを捜すことができる。嬉しかった。ママもすぐに見つかりそうで、そしたらモンスターみたいだった怖い気持ちが消えて、ふわっと体が軽くなった。

その日から毎晩、寝る前に園の事務室に行って「僕に電話、かかってきてない？」と聞いた。かかってきたら呼び出してくれるとわかっているのにわざわざ聞いて、かかってきてないと言われてしょんぼりした。毎日行くから、職員に「誰からかかってくるの？」と聞かれて「ママと仲のよかった友達」と嘘をついた。

子供がお金を使ってママを捜しているっていうのは、あまりよくないことだから言わないほうがいいって伊緒利ちゃんに口止めされてるから、黙っていた。施設の人に知られて、ママを捜すのをやめなきゃいけなくなるのが怖かった。

捜し物屋にお願いしてから一週間経っても、伊緒利ちゃんからも捜し物屋の和樹さんからも連絡はなかった。だから先週の日曜日も、朝から園を抜け出した。すずらん園の周りは塀でぐるっと囲われているし、出入りは鉄のゲートを開け閉めしないといけない。ただゲートは胸元ぐらいの高さだから、職員が見てない間によじ登ったら簡単に外へ出られた。

電車に乗って、ママと暮らしていたアパートに帰り、呼び鈴を押した。そしたら髪がぐしゃぐしゃの伊緒利ちゃんが出てきて「光？　どーしたよ？」とTシャツを捲っておお腹をボリボリ掻きながら小さく欠伸した。

土日にすずらん園の外へ出るには、職員に許可をもらわないといけない。自分は前の週に無断外出したから、今週の土日は「外出禁止」にされていた。それを知られたら「帰れ」って言われそうだから、教えない。そのかわり「おトイレ行きたい」って足踏みしたら、家の中に入れてくれた。

伊緒利ちゃんが住む部屋は、自分がいた時と感じが変わってる。置いてある棚が違うし、カーテンも花柄だったのに緑色になっている。そういうのが、靴の右左を間違えて履いたみたいな感じでムズムズする。窓から見える歯医者の看板だけは同じで、ちょっとホッとした。おしっこしたくないのにトイレに入ったから、全然出ない。それでも、してる風にジャッと水を流した。

伊緒利ちゃんは壁にくっつけて敷いてある布団の上に座り、ぼんやりとスマホを見ている。

「ママ、見つかった？」

伊緒利ちゃんはスマホを置いて「そんなすぐには見つからないってーかー今は情報収集してるトコ」と息をついた。

「お前にさぁ、ママと仲の良かったホステス……っていうか、友達の名前を聞いただろ」

こっくりと頷く。

「昨日は捜し物屋のセンセとママの働いてた店に行って、その友達に話を聞いてたんだよ。それで遅くまで飲んでてさ……」

伊緒利ちゃんに近づいて、布団の手前に座った。

「ママの行方不明に関係あるかはわかんないけど、ぽつぽつ情報も集まってきてる感じっつーか」

けど、と伊緒利ちゃんは続けた。

「情報はあっても、それが上手く繋がらないんだよなぁ。気になることを一個一個調べてって……まぁ、時間かかんだろうな。何かわかったら施設に電話してやるから、お前も気長に待ってろよ」

伊緒利ちゃんは、ふわあっと大きな欠伸をしたあと時計を見て「十時かぁ」と呟いた。

「お前、一人で帰れる？」と聞かれる。

「……ここにいて、いい？」

伊緒利ちゃんは「あーっ」と困った顔をしたあと「お前、園には何て言って出てきてんの？」と聞いてきた。

ドキドキしながら「知り合いの家に遊びに行くって」と嘘をつき「伊緒利ちゃん、知り合いだから嘘じゃない」と言い訳した。伊緒利ちゃんは磨りガラスの向こう側の顔みたいに、ぼーっとした感じで話を聞いてる。

「ふーん、じゃあいっか。俺はもう一眠りするから、お前は好きにしてろ。昨日、寝たのが遅くて爆烈に眠いのよ」

伊緒利ちゃんはテーブルにゲームとケトルとカップ麺を置いて「勝手に遊んでいいし、好きに食っていいし、帰りたくなったら帰れよ」と言って、布団にモゾモゾと入っていった。

伊緒利ちゃんはすぐにグウグウといびきをかいて寝始めたので、部屋の中を歩き回った。自分の家だったのに、今は伊緒利ちゃんが住んでいるから、ちょっと他の家のような感じもする。

ベランダに出て、外を見る。いつもママが干してた洗濯物もない。けど見える風景は何も変わらない。そしてママだけいない。

ママはロシア人で、二十歳の時に日本に来てからずっと、夜のお店で働いてた。こっちに来て十三年になるのに、日本語があまり上手くない。光のパパは日本人で「しんじゃった」とママは言う。ママの友達に、こっそり自分のパパの話を聞いてみたけど、みんなに知らないって言われた。

ママがロシア人だから、目の色と髪が茶色だし、顔の感じも学校の子たちと何となく違う。普通の日本人じゃないからって、小学校でも虐められた。色が変だって髪を引っ張られたり、ロシアに帰れって何回も言われた。どうしてみんなと同じ、黒い髪に黒い目じゃないんだろうって思ったこともあるけど、今は自分の顔が好き。

自分とママはいつも一緒にいて、二人で一つの生き物になってた。自分がママから生まれたっていうのが、よくわかる。同じ布団で寝てると、ママは柔らかくてとてもあったかかった。ママも「光、あたたかい」って抱き締めてきた。

学校の子は「ガイコクジン」「変なカオ」ってからかってくるのに、ママは自分のことを「かわいい」としか言わなかった。何をしても「かわいい」。お皿を割っても、道で転んでも、泣いていても「かわいい」「かわいい」って言ってた。またママに「かわいい」って言われたいって思ったら、胸がギュッと痛くなってきた。

ぐずぐず泣きながら部屋に戻ると、カーッと大きないびきが聞こえた。伊緒利ちゃんは仰向けになって、半開きの口から赤ちゃんみたいによだれをたらしてる。

フッとあの匂いがする。仕事から帰ってきた時の、ママの匂い。お酒の匂いだ。四つんばいになって伊緒利ちゃんに近づいたら、ふわんふわんとお酒の匂いが強くなった。すごく懐かしくて、布団の中に入った。その腕にぎゅっと顔を押しつける。酔っ払ったママと同じお酒の匂いと、ぬくぬくした感じがあって、頭がふわあっとする。本当にママがそばにいるみたい。

「……ママ……ママ」

目の前のあったかい体に抱きついていたら、いつの間にか眠っていた。目が覚めるとお昼を過ぎてて、伊緒利ちゃんも一緒に起きて「腹が熱いと思ったら、お前かぁ」とまだちょっとお酒の匂いがする欠伸をしていた。

お腹が空いたから、一人一つずつカップラーメンを作って食べる。ママともよくカップラーメンを食べてたから、この部屋で、ママとじゃなくて伊緒利ちゃんと食べているのが変な感じだ。伊緒利ちゃんはテーブルの向かいでモゾモゾとラーメンを食べながら「そういや～」とこっちを見た。

「お前が教えてくれたママの友達ってさ、男はキャバクラの店長だけなんだな」

こくりと頷いた。

「ママさぁ、店長以外の男の話とか、お前にぽろっと喋ったこととかない？」

「おとこの、はなし？」

伊緒利ちゃんが「けっ、決して深ーい意味じゃないからな」と急に慌て始めた。

「ママに彼氏がいたかってこと？」

驚いた顔で「いたのか？」と伊緒利ちゃんは聞いてくる。

「ママから好きな人がいるって話は聞いたことない」

伊緒利ちゃんは「そっか」と呟き、なぜか「変なこと聞いて、ごめんな」と謝ってきた。

「好きな人がいるって、変なことなの？」

伊緒利ちゃんに「変なことじゃねーけど、子供としては複雑だろ」と言われても、よくわからない。ママは何も言わなかったけど、ママの友達のエリザは「キャバクラのとなり、バーのマスターちょうすき」とか「きのうみせきたおきゃくさん、ちょうかっこいい」といつも嬉しそうに話していた。

ラーメンを食べたあと、伊緒利ちゃんはタブレットを手に取った。邪魔しちゃいけないかなと思いつつ、後ろからこっそり覗き込む。字がいっぱいなのが気になって「何してるの？」と聞いたら「担当してる先生の小説、読んでんの」と教えてくれた。

「俺はさ、小説家の先生から原稿もらって本にする編集って仕事をしてんの」

字の多い本は好きじゃないけど、小説っていうのは何かこう特別な人しか書けない気がする。

「よくわかんないけど、すごいね」

よくわかんないか〜と伊緒利ちゃんは笑ってた。そこであれっ？　と気づいた。

「お仕事、捜し物屋じゃないの？」

伊緒利ちゃんの頬がピクピクとふるえる。

「あれはまあ、バイトだな。俺の本業は編集なの。捜し物屋の背の低いオニイチャン、あのオニイチャンも、捜し物もするけど、正体は小説家なんだぞ〜」

背の低いオニイチャンって、和樹さんのことだ。

「和樹さん、小説家なのに、捜し物屋もしてるの？」

伊緒利ちゃんが急に黙った。そして「大人にはな、複雑な事情ってもんがあるんだよ」とため息をついた。

午後三時過ぎ、アパートを出てすずらん園に戻った。無断外出したし、洗面所の掃除をサボったから怒られた。掃除は今からしますって言っても、ずっと、三十分ぐらい怒られ続けた。どこに行っていたか聞かれたから「公園で遊んでた」って嘘をついた。伊緒利ちゃんに連絡がいくのが嫌だった。

無断外出の罰で来週から一週間、学校から帰ってきたらみんなが集まるリビングの掃除も言いつけられた。決まりを破ったし、掃除するのはいいけど「来週いっぱい、おこづかいを止めます」と言われた時は文句を言った。でも本当にくれなかった。お金がないと電車に乗れない。電車に乗れないと、アパートに行けない。

前の日曜日も、その前の前の土曜日も無断外出したから、今週の土日も「外出禁止」になっている。日曜の今日は朝から、どこにいても職員の目を感じて、すごく嫌だった。

トイレに入って、スカートの中に隠していたスニーカーを履いて、小窓から庭に出た。走ってゲートに近づいて、よじ登って外へ飛ぶ。角まで走って、そこで振り返る。誰も気づかなかったみたいで、追い掛けてくる職員はいなかった。

お小遣いがストップされているから電車代はアパートの往復に足りなくて、帰りは二つ手前の駅で降りて歩かないといけない。道は知っているからきっと何とかなる。

電車の中で立っていると、つま先がズクンと痛んだ。靴が小さくなっているのに走ったから、ちょっと痛くなった。

アパートに帰って、インターフォンを押す。伊緒利ちゃんは出てこない。もう一回押しても同じ。もしかして今日もお酒の匂いをさせながら寝ているのかなと、三回ぐらい続けて押してドアに耳を近づける。中は静かで、本当にいないみたいだ。他に行くところもないし、待っていたらそのうち帰ってくるかなと、玄関の前に座り込んだ。

トン、トンと外階段を上ってくる音が聞こえる。伊緒利ちゃんのような気がして、立ち上がった。

「あれっ？」

足音は、隣に住んでる大学生のミキちゃんだ。

「光ちゃんよね、久しぶり〜。今日はどうしたの？」

ミキちゃんは、チラリと……光の背後のドアを見た。

「光ちゃんが住んでた部屋、新しい人が入居しちゃったよ」

施設に入ったばかりの頃、ママがいるかもしれないと、こっそりアパートに帰ったことがあった。その時も外でずっと座ってた。雪が降ってて、寒くて震えていたら、ミキちゃんが部屋に入れてくれた。

施設の先生が捜しに来て、ミキちゃんの部屋にいるのが見つかって、施設に戻りたくないって泣いても、連れ戻された。その時に、職員がミキちゃんに「今後も同じようなことがあれば、ここにご連絡をお願いします」と名刺を渡しているのを見た。もしかしたら「光ちゃん、また部屋に戻ってきてますよ」って施設に連絡されるかもしれない。

「うん、知ってる。じゃあね」

ミキちゃんに手を振って、階段を下りた。「光ちゃん、どこ行くの？」と声が聞こえても、振り返らなかったし、返事もしない。これからどうしようって考えて、もう一回、電車に乗った。

せっかく「捜し物屋まやま」に来たのに、和樹さんもいない。今日はみんながいない日だ。もう一回、アパートに帰ろうか。でも電車代がちょっとしか残ってないから、アパートに戻ったら施設に帰れなくなるし伊緒利ちゃんがいるかどうかもわからない。

ドドド、ガガガ……下から響いてくる音が大きくなってくる。ガガッ、ガガッ、ガガッって目を閉じたまま聞いていたら「君、大丈夫？　気分でも悪いの」と頭の上から声が落ちてきた。

男の人が自分を見下ろしている。和樹さんじゃないけど、見覚えのある顔だ。

「あれっ、光君？」

思い出した。この人、捜し物屋にいた眼鏡の人だ。

「三井っち……さん？」

確か和樹さんはそう呼んでた。「三井っちでいいよ」と目を細め、優しい顔で笑いかけてくれる。

「今日はどうしたの？」

「和樹さんがいなくて……」

もしかして、と三井っちが眉間に皺（しわ）を寄せた。

「和樹君と約束してた？」

勝手に来たと知られたら、施設に連絡されるかもしれない。それが嫌でコクコクと頷いた。……嘘をついた。

「和樹君、よくアポを忘れるんだよ。光君、一人で来たの？」

また頷く。三井っちはインターフォンを押して「和樹くーん」と三回ぐらい呼んで、ドアノブを回した。自分と同じことをしている。

「たまに家のほうで昼寝してることがあるんだけど、本当に留守みたいだね。そのうち帰ってくると思うから、それまで二階の事務所で待っているといいよ。一緒においで」

三井っちのことはよく知らない。ついていってもいいのかなと迷う。伊緒利ちゃんと和樹さんは知り合いだし、その和樹さんのところで会った三井っちは、多分、悪い人じゃない。それにママみたいに優しそうな顔をしてる。

お腹がぐーっと鳴った。恥ずかしくて、音止まれ、と思いながら上から押さえる。朝から何にも食べてない。三井っちが「二階にお菓子もあるよ。おいで」と誘ってくれたので、それが食べたくて、ついていった。

二階の階段の近くのドアに「江原（えはら）法律事務所」って看板が出ていた。三井っちはドアを大きく開いて「どうぞ」と中に入れてくれる。

そこは学校の教室の半分ぐらいの広さの部屋だった。入ってすぐ右側が病院の受付みたいになってて、その奥に本とか紙がごちゃごちゃと積み重なった灰色の机が三つある。そのうちの一つにちょっと太ったおじさんが座っていて、こちらに背中を向けてスマホで何か話をしていた。三井っちが口に手をあてて「静かに」のサインを送ってくる。だから息をひそめて、足音を小さくして三井っちの後についていった。

壁際には、机と同じ色の棚が四つ並んでいる。まるで職員室だ。真ん中に向かい合った椅子とテーブルがあって、左側にはドアが三つある。

一番奥の部屋に入ると、そこは施設の二人部屋ぐらいの広さで、向かい合わせのソファと低いテーブル、そして自分が寝転がって両手足をいっぱいに伸ばしてもまだ届かないんじゃないかっていう大きさのテレビがあった。

「座って待ってて」

そう言われたので、おそるおそるソファに腰かける。三井っちは窓際にある冷蔵庫からジュースのペットボトルを取り出して、クッキーと一緒に「どうぞ」とテーブルに置いてくれた。

「ありがとうございます。いただきます」

お礼を言って、クッキーを手に取った。二個、三個とバクバク食べてたら「もしかしてお腹が空いてる？」と聞かれた。頷いたら「それなら、これもどうぞ」と袋入りのメロンパンを渡してくれた。メロンパンは大好きだ。

「嬉しい、ありがとう」
三井っちは「どういたしまして」と笑った。施設を勝手に抜けだすと、昼の時間に帰らない限り、昼食は食べられない。それは仕方ないと諦めてた。お小遣いがあったらパンが買えるけど、今週はお小遣いが出なくて、残ってるお金を電車代にしたから、我慢するつもりだった。……ちょっと違うかも。伊緒利ちゃんの所に行ったら、お腹が空いたって言ったら、またカップラーメンを食べさせてくれるかもしれないって、狡(ずる)いことを考えてた。

「和樹君が帰ってきたら教えてあげるから、テレビでも見て待ってるといいよ」
言い残して、三井っちは部屋を出ていった。お腹がいっぱいになると眠たくなって、ソファの上で横になる。和樹さんが帰ってくるのを、ドアの前で待っていた時は心細かった。ここだと、そんな寂しい気持ちにはならない。ひなたぼっこする猫みたいに、体からふうっと力が抜ける。

うとうとしてたらバーンとドアが開いて「あー疲れた、あー疲れた」と大きな声をあげながら、太った人が入ってきた。来た時、電話をしていた人だ。びっくりして飛び起きると、太った人が「おおおおおっ」と声を震わせながら、立ち止まった。ドアの入り口とソファ、距離を保ったまま、じっと見つめあう。

太った人が、オーケストラの指揮をするみたいに右手をくるくると回した。

「そういえば三井さんが話してたな。君が光君？」

コクコク頷く。

「捜し物屋の和樹さんに会いにきたらいなくて、帰ってくるまでここで待っていいって、三井っちが……」

太った人は「和樹君、留守なんだ。何してんだろうね？」と喋りながら、ソファの向かいに腰かけた。テーブルに置かれたビニール袋には、牛丼屋の店名が印刷されている。どうしてこの人が自分の名前を知ってるのか不思議だったけど、三井っちに聞いたのかなと思ったら、納得した。太った人は、犬みたいに丼に顔を突っ込み、早食い選手権の勢いで食べている。何だか凄い。

太った人は、五分ぐらいで全部食べ終わり、空容器をビニールに入れて口を結んだ。目が合う。

「そういう襟と袖がヒラッとした白いブラウス、好きなの？」

大人でも子供でも、フリルの服を着ていると馬鹿にした言い方でからかってくる人がいる。けどこの太った人からは、男の癖にそういう服を着て変な子だっていう感じはない。それでもちょっとケイカイしながら「好き」と答えた。

「その服さ、アネモネ7の『マーガレット・シュシュ』ん時の衣装に似てるよ」

首を傾げて「アネモネ7って何？」って聞いてみる。

「アネモネ7っていうアイドルグループがいるのよ」

初めて聞いた。

「歌もいいけど、衣装もかわいくてさ～。その子たちの衣装が、光君の着てる服に似てるから、ひょっとしてコスプレかなって思ってさ」

自分のお気に入りの服と似ている服を着てるアイドル。すごく気になる。

「そんなに似てるの？」

太った人はスマホを手に取り、何回かタップしたあと「これだよ」と差し出してきた。

そこには、フリルの白いブラウスを着たお姉さんの写真が映っている。

「あっ本当だ、似てる。けど向こうのほうがフリルがいっぱいでいいな。かわいい」

「かわいいだろ～」

太った人が、嬉しそうな顔で自慢する。

「この衣装でさ、歌ってる動画があるんだけど見る？」

見たい。コクコク頷くと、太った人がリモコンを手に取った。大きなテレビがついて「アネモネ7　七都府県ライブツアー　スペシャル★ブランコ」とバーンと文字が出てくる。

太った人が、画面を早送りする。そして「みんなーいくよー」というポニーテールのお姉さんのかけ声で、動画がスタートした。

七人のお姉さんが、みんなフリルのついた服を着てる。マイクを持って、ウサギみたいにぴょんぴょん飛び跳ねながらダンスする。お姉さんたちが体を動かすたびに、フリルがゆらゆら、ミニスカートがふんわり揺れる。

「かわいい！　かわいい！」

口から勝手に出てくる。七人のフリルの衣装は、似てるけどちょっとずつ違っている。自分に似てるのもあるし、似てないのもある。けどそんなのどうでもいい。みんなフリルがいっぱいで、かわいい。

お姉さんたちは、光が当たってキラキラして、すごく特別な感じがした。見ていると楽しくて、体の中からわくわくしてくる。

太った人が立ち上がり、テレビ画面の前に立ったかと思ったら、踊り始めた。お姉さんの踊りとそっくりだ。大人の男の人なのに、女の人のアイドルの曲を踊ってて、それがとても上手で、びっくりする。肩がウズウズして、体が勝手に揺れる。太った人が「踊ってもいいよ」と言ってくれた。

「僕、振り付け知らない」

「ノープロブレム！　問題なし。こういうコピーダンスってのは、自分が気持ちよかったらいいの。それが正解」

腕を引っ張られて、立ち上がった。画面のお姉さんの動きに合わせて、腕を上げて、振って、膝を曲げて、両手でばんざいして、思い切りぴょんと飛び上がる。面白い。授業のダンスはつまらないのに、こっちは楽しい。踊るの楽しい。

動画が終わる。太った人は「ふうっ」とおでこに浮かんでいる汗を指で擦った。

「たっ、楽しかった！」

思わず叫んでいた。

「おおっ、アネ7にハマったな。じゃあもう一回見る？」

「見る、見たい！」

すると最初から再生してくれた。今度は太った人は踊らなくて、自分が踊るのをニコニコしながら見ている。

「光君、ダンス上手いね～」

褒めてもらえて嬉しい。学校の子は、服や髪、顔のことをからかってくる。大人はよく「顔がかわいいね」って言ってくる。自分の顔はいつも同じなのに、子供と大人で違ってて気持ち悪い。けど服でも顔でもない、ダンスを上手いって褒めてもらえるのは、中身をちゃんと見てくれているみたいで嬉しい。

ガチャリとドアが開いて、三井っちが入ってくる。踊っているのを見て驚いた顔をしてたのに、すすっとこっちに近づいてきたと思ったら、一緒になって踊りはじめた。施設でも学校でも、大人はあまり踊らないのに、ここは踊る大人がいっぱいだ。休憩していた太った人まで立ち上がって踊りはじめて、みんな腰をふりふりしてる。太った人がかわいいポーズでバチンとウインクして、面白くて、声をあげて笑った。久しぶりにこんなに笑った。

動画が終わると、みんな疲れてソファにドサッと座り込んだ。三井っちがハアハア息を切らしながら「光君、アネモネ7が好きなの？」と聞いてきた。こっちに話しかけているのに、なぜか太った人が「初めて見たらしいよ。ダンスも上手いし、将来のアネ友候補だね」と嬉しそうに答えている。

「そうだ、和樹君が帰ってきたよ」

三井っちが教えてくれる。

「俺も四階に用があるから、一緒に行こうか」

すこし休んでから、立ち上がった。三井っちは踊っている時は姿勢がいいのに、階段を上る時はちょっと前屈(まえかが)みになる。三階はやっぱりドアが開いていて、中からチュインと音が聞こえてきた。

「光君？」

足が止まっていた。慌てて三井っちを追い掛ける。「工事、気になる？」と聞かれて頷く。

「何ができるのかな？」

ていった。

「あそこはマッサージ店だよ」

「そうなんだ。ママの友達も、マッサージのお店で働いてたよ」

三井っちはちょっと言葉に詰まったあとで「そうなんだね」と呟いた。話をしているうちに、四階に着く。「失礼しまーす」とだけ声をかけて、三井っちは捜し物屋に入っていった。

事務所の中に人はいなかった。そのかわり茶色の猫が「うにゃっ」と駆け寄ってきて、三井っちの足許に頭をこすりつけてきた。

「ヒカル……じゃない、ミャーだ」

この子は自分と同じ名前の「ヒカル」って猫だと思ったら、別の猫だってこの前来た時に言われた。名前がヒカルじゃなくてがっかりしたけど、ヒカルにそっくりなミャーは人なつっこくてかわいい。

「抱っこしていい？」

「ミャーが嫌がらなかったら、いいよ」

抱き上げると猫は後ろ足がだらんとのびた。あったかくて、かわいい。顔をくっつけたら、毛がふわふわする。嫌がってないから、そのまま胸に抱っこした。「うみゃん」と鳴いて服の胸にあるレースを、毛繕いするみたいに舐めている。

事務所の奥にあるドアが開いて、半ズボンにTシャツで背の低い男の人が出てきた。

捜し物屋の和樹さんだ。

「あれっ、三井っちだ。……あと光君？」

「和樹君、どこ行ってたの？」

三井っちの声が、ちょっとだけ和樹さんを責めているように聞こえる。

「あーっ、白雄に付き合って内装業者んとこ。壁紙が発注してたのと色が違うって、白雄が激おこでさ。俺はそのままでもいいんじゃないかって言ったけど、あいつ変なとこでこだわり強いから、一緒に話つけにいってきた」

三井っちが首を傾げる。

「光君と約束してたんじゃないんですか？」

「約束？　何それ？」

嘘がバレる。なので「ごめんなさい」と先に三井っちに謝った。

「えっ、あの、どういうこと？」

三井っちがおろおろしている。お菓子とメロンパンをもらって、とても親切にしてもらったのに、嘘をついてたなんて、すっごく決まりが悪い。

「本当は約束してなかったんです。ママが見つかったかどうか、知りたかったたから
……」

和樹さんの声が「あーぁ」と、だんだん低くなる。

「ママはさ、まだ捜してる途中だよ。ママの知り合いって人に話を聞いたから、そこから先を調べてるトコかな」

先週、伊緒利ちゃんが話してたのと同じだ。

「そう……なんだ」

腕の中にいるふわふわの猫をギュッとしたら「うみゃん」と鳴いて暴れた。驚いて手を離すと下に飛び降りて、机の下にダッと駆け込んでいく。猫にも嫌がられて、すごく悲しい。

「見つかったら、すぐ松崎に連絡させるからさ」

伊緒利ちゃんも、和樹さんもすぐに連絡をくれるって言うけど、もう二週間待ってる。ママが出て行ってから、ママ捜しを頼むまで四ヶ月、頼んでから二週間。頼んでからのほうがずっとずっと短いのに、気持ちが待てなくなっている。

「ママ、見つかるよね？」

和樹さんは腕組みをして「うーん」と唸り「そのうちに」と曖昧な言い方をした。いつになるか教えてはくれない。いつまで待てばいいんだろう。じわっと涙が浮かんできた。

そっと肩に手が置かれた。三井っちが優しい目で自分を見下ろしている。

「光君、ミャーにおやつあげない？」

「おやつ？」

「ミャーがすごく好きなやつ」

三井っちが自分をソファに座らせた。そしてポケットから細長い袋を出す。するとダダッと足音がして、隠れていたミャーが駆け寄ってきた。三井っちは袋の口の端を切って、持たせてくれる。するとミャーが膝に乗ってきて、うみゃあ、うみゃあと必死に鳴き始めた。おやつをあげると、凄い勢いでガツガツと食べ始める。さっきの太った人みたいだ。中身がなくなっても、欲しそうに「うみゃん、うみゃん」と膝の上で鳴いて、すり寄ってくる。

「ふふっ、もうないよ。ごめんね」

ミャーはしばらく鳴いていて、諦めたのかそのうち静かになった。膝の上で丸くなる。電話がかかってきて、三井っちは部屋を出ていった。猫はずっと膝に座ってくれていて、その重みを感じながら頭を撫(な)でていると、ソファがちょっと揺れた。隣に和樹さんが座ってくる。

「捜すのが遅くて、ごめんな」

大人にはいつも叱られるばかりだから、謝られてびっくりした。きっと和樹さんは一生懸命捜してくれてる。それでもママは見つからないのだ。『遅い』『いつ見つかるの』って怒ってた自分が、恥ずかしくなる。

「光君のママさ、お店のほかにも仕事をしてたの、知ってる？」

聞かれて、首を傾げる。

「よくわからないけど、日曜日は店がお休みなのに、たまにママはお仕事に行ってくるって出掛けてた。ママがいない間、子供が一人でいると危ないって、僕はエリザのとこに預けられてたよ」

日曜日以外は、ママが夜の仕事をしている間、店の控え室の隣にある小さな部屋にいた。自分のほかにいつも二、三人の子供がいて、一緒に遊んだり、勉強したりした。仲良くなっても、その子のママが仕事を辞めると、その子も来なくなる。しばらくしたら、また新しい子がやってくる。そうやっていろんな子が入れ替わっていったけれど、小学生になってもずっと控え室に行っていたのは自分だけだった。

「日曜日に出掛ける時、どこに行くとかママ言ってなかった？」

「何も言ってない。お仕事行ってくるってだけ」

あの日の日曜日……ママは朝早く「おしごと、いってくる」と、自分をエリザに預けて出掛けていった。いつも通りだった。夜になっても迎えに来てくれなかったこと以外は。

「日曜日の仕事がママがいなくなったことに関係してるんじゃないかって考えてるんだけど、それについて知っている人がいないんだよなぁ。あとさ、店の支配人とウエイター以外で、ママと仲良くしてた男の人っているかな？　知ってる？」

首を横に振る。和樹さんは「そっか」と頬づえのまま息をついた。もしかして、自分が何か思い出すことで、ママを捜す手がかりが見つかるんだろうか。目を閉じ、必死で考える。ママの一番そばにいたのは、自分だ。あの日のママはお気に入りのワンピースに、お気に入りのバッグ。いつもみたいに綺麗だった。わからない。思い出そうとしているうちにこめかみが痛くなってきて、顔を上げる。

横にいる和樹さんが「奥の手使っても、わかんないんだよなぁ」とのけぞった。その頬に、ピンク色の赤い跡。何だろ。あぁ、頬づえをついてたから、きっと手の跡だ。白い肌に、ピンク色の……跡……。

「……ピンクのリボン」

和樹さんが「リボンって、何？」と聞いてくる。

「ぼく、いつもママと一緒にお風呂に入ってたんだけど、ママは体にピンクのリボンみたいな跡があったんだ」

肌の上にあるピンクに触りながら「ママのこれって綺麗だね」って言ったら、ママは「そうでしょ」と笑ってた。

和樹さんは「ピンクの跡か」と腕組みする。

「ピンクの跡は、濃くなったり、薄くなったりしてたよ」

ギギッと事務所のドアが開いた。黒いTシャツを着た男の人が出てくる。背が高い。初めて見る顔だ。伊緒利ちゃんと一緒に、ママを捜してってお願いしにきた時、三井っちは見たけどこの人はいなかった。

背筋がぞくんとした。この男の人、怖い。全然笑わなくて、目が蛇みたいで怖い。黒いTシャツがこっちをじっと見ている。蛇の目が嫌で、慌てて俯いた。

「あーいいとこ来た。光君からママの話を聞いてんだけどさ～、体にピンクの跡がついて、薄くなったり、濃くなったりとかすんのって何だと思う？」

おそるおそる顔を上げる。黒いTシャツが近づいてきて、和樹さんにスマホを見せた。

「あーあーあー……それ……そうゆうことなの。めちゃアダルティ案件じゃん」と微妙に和樹さんの声のトーンが落ちる。

「けど、それなら何か的絞れっかもな～けっこうマニアックだし」

黒いTシャツは、またこっちを見ている。蛇の目はガラス玉に似てて、何も考えてないみたいで怖い。

「……この人は誰ですか？」

和樹さんは「あれ、知らない？」と黒いTシャツを指さす。

「こいつ、俺の弟。白雄っていうの。捜し物屋を手伝ってくれてんだよ」

兄弟ということに驚いた。弟だという白雄さんのほうが背は高いし、歳も上に見える。

「似てないね」

考えていたことがぽろっと口から出て、ハッとする。和樹さんは「だよね」と笑った。

「俺ら兄弟だけど、血は繋がってないからさ」

和樹さんは怒ってないみたいでホッとする。ママが仕事の間、小さい部屋で仕事が終わるのを待っていた時、兄弟で来てる子がいた。お兄ちゃんに「弟と似てないね」って言ったら、急に怒りだして喧嘩になった。後でママに「ふたりはおとうさん、ちがうの」と教えられた。お父さんが違うから、顔が似てない。だからそういうことは、言わないほうがいいってわかってたのに、うっかりしてた。

和樹さんと白雄さんは、兄弟でも血が繋がってない。あれ、けどママかパパが一緒なら、半分は血が繋がってるんじゃないだろうか？　よくわからない。

ミャーが膝の上でのそりと立った。ふわふわの背中を撫でていたら、後ろ足で立ち上がって、胸のとこにトンと前足を置いた。口のところの匂いをふんふんと嗅いでくる。すると急にミャーが「うみゃっ」と鳴いて、バタバタと後ろ足を動かした。前足の爪が、両方とも胸のとこのレースに引っかかってる。

「うにゃん、うにゃん」

ミャーがちょっと暴れる。和樹さんがミャーを抱っこしてくれたから落ち着いたけど、レースに猫の爪は引っかかったまま。おとなしくしている間に外したいのに、少しでも触るとミャーが暴れるから、怖くて触れない。

「白雄～光君の服にミャーの爪が引っかかってるからさ、外してやってよ」

白雄さんが近づいてきて、ソファの後ろ側……背中に回ってきた。後ろに立たれただけなのに、ゾクンと寒気がする。

「こいつ、力もあるけど器用なんだよ～」

白雄さんの指はとても長くて、ミャーの右の前足をぎゅっと摑み、そっとレースから外した。左の前足を摑んだ時に、ミャーが「うみゃっ」と鳴いて白雄さんの右手の甲を引っ掻いた。スッと赤い線になって、薄く血が滲む。白雄さんはまったく気にしてない感じで、左の爪も外した。

爪が引っかかったのが嫌だったのか、ミャーは和樹さんが手を離した途端、窓際のデスクの下に潜り込んだ。

「引っ掻かれたとこ、血出てるな」

和樹さんが呟き、白雄さんは鬱陶しそうに右手を軽く振る。

「手洗ってから、絆創膏持ってこいよ。貼ってやるから」

白雄さんは頷く。自分が猫を抱っこしていたせいで、怪我をさせてしまった。

「ごめんなさい」

白雄さんは怖いけど、迷惑をかけてしまったから謝る。白雄さんはこっちをチラッと見ただけ、何も言わずにドアを開けて向こうの部屋に入っていった。

「怒ってるのかな……」

和樹さんが「んっ？」とこちらに振り向く。

「白雄さん、謝ったけど何も言ってくれない」

「あーっ、言い忘れてたんだけどさ、あいつ喋れないんだよ」

驚いて、思わず和樹さんの顔を見た。

「子供の時から声が出ないの。けど耳は聞こえてるから。白雄は言いたいことがあると、スマホに入力してこっちに見せるんだよ。俺は慣れてっから、白雄の唇読むことが多いかな」

そういえばさっき白雄さんはスマホに入力して和樹さんに何か見せていた。子供には秘密にしているのかと思ったけど、喋れないからだなんて考えもしなかった。喋れないなんてかわいそうだ。

服の胸のとこにあるレースが、ぴらっとしてる。猫が暴れたせいで、ちょっとだけ破れた。でもこれぐらいなら、自分で直せる。

ママを待っていた、お店の控え室の隣にある小さな部屋。そこには最初、服が置いてあった。フリルや鳥の羽のついた素敵なドレスがたくさんあった。どれもふわふわ、キラキラして、とても綺麗。服を頭からかぶってみたり、そんな自分を鏡に映してみたり。

楽しくてずっと遊んでいた。そこが大好きだった。

小学校に上がる前の年の冬、いつものようにママは控え室、自分は隣の部屋に入ったら、中はガランとしていた。大好きな服が全部消えている。宝物がなくなったことにびっくりして、ワンワンと声をあげて泣いた。

その部屋にあったのは、今のお店の前のお店がショーで使っていた衣装だった。もしかしたら使えるかもと考えて置いてあったものの、結局使わなかったので捨てられてしまったのだ。

それから毎日、部屋に行く度に泣いてた。泣くつもりはないのに、宝物があった棚が空になっているのを見ると、悲しくなって勝手に涙が出る。そしたらママがショッピングモールに連れていってくれた。好きな服を買ってあげると言われて、嬉しくて、レースがいっぱいついたTシャツと、ピンク色のスカートを買ってもらった。ママの友達はみんな「光、カワイイ」「光、にあう」と褒めてくれる。女の子に間違えられても、気にしてなかった。そんなのどっちでもよかった。

小学校に通いはじめてから、男なのにスカートを穿いたり、ピンク色の服や、レースのついた服を着るのはおかしいって言う子が多くなってきた。それだけじゃなくて「どうして髪の色が茶色なの？」「どうして目の色が薄いの？」「どうして外国人みたいな顔なの？」と聞いてくる。

「どうしてお父さんがいないの？」

「どうしてお母さんは外国人なの？」

どうして、どうしてばっかり言われる。ピンクとレースは変だって同じクラスの子に笑われても、どんなに鏡を見ても自分にすごく似合っているし、お店の大人はみんな褒めてくれる。それに男の子の服はかわいくないから大嫌いだった。

お父さんがいないって虐められたし、お母さんが外国人だ、ホステスだって虐められた。何をやっても虐められたから、スカートをやめて男の子っぽい服を着ても、きっとずっと虐められてたと思う。みんなに虐められても、ママは毎日「光、あいしてる」とキスしてくれた。

「光、かわいい」

「光、すき」

「光、あいしてる」

ママにいっぱい愛されているとわかっていたから、虐められても平気だった。それなのに、大好きなママはいなくなった。もう誰も「光、あいしてる」って言ってくれない。悲しいのが大きくなって涙が出そうになったところで、白雄さんが部屋に戻ってきた。無言で絆創膏を和樹さんに差し出す。和樹さんは白雄さんの手を見て「もう血、止まってるじゃん。けど一応やっとくか」と絆創膏をペタリと貼り付けた。

和樹さんが「んっ」と目を細め、白雄さんと自分を交互に見た。

「何かさぁ、白雄と光君って似てね？」

似てると思わないから、首を横に振る。白雄さんはなぜかフッと鼻先で笑った。

「全体のトーンっていうか雰囲気が同種って気がするんだよな。単純に二人ともイケメンってだけかもしんないけど」

テーブルの上のスマホから、ポロン、ポロンと音楽が聞こえてくる。

「あ、ちょっとごめんな」

和樹さんはスマホを鷲掴みにして、部屋の隅に行く。すると離れたところにいた白雄さんがこっちに近づいてきた。じっと自分を見下ろしてくる。

白雄さんは、指で唇に触れた。和樹さんに「唇を読む」と聞いていたから、何か言いたいことがあるのかなと思って、じっと白雄さんの唇を見ていると、ゆっくり動いた。

『か、え、れ』

胸がドキッとした。

『う、ざ、い』

息を呑む。見間違いならいいのに、白雄さんの唇はもう一回『う、ざ、い』と動いた。

「……光君？　うちにいるよ」

ハッとして振り向いた。ドアの近くにいる和樹さんが、スマホを耳に押し当てたままこちらを見ている。

「ママは見つかったかって、進捗状況を聞きにきてる感じだけど」

胸がドクドクしてきた。和樹さんが電話をしている相手は誰だろう。もしかして……。

「施設の職員が捜してるって？」

立ち上がり、ドアに向かって走った。

「あ、おい、光君。ちょっと待って……」

捜し物屋の事務所を飛び出して階段を駆け下りてたら、二階のとこの廊下に太った人がいた。

「光君、どうしたの？」

声をかけられたのに、返事もできないまま走る。もう施設へ帰るだけの電車代はない。歩くしかない。でも帰りたくない。どうせまた叱られる。施設の職員は嫌い。好きな人もいるけど、嫌いな人もいるから、みんな嫌い。自分の着ている服のこと、何にも言わない職員と、変な子って陰で言う人がいる。

歩きながら涙が出てきた。ママがいたら、ママさえいてくれたら、こんな嫌な思いも、寂しい思いも、しなくてよかった。

メチャクチャに走っているうちに、自分がどこにいるのかわからなくなった。大きな道を、建物がたくさんあってにぎやかそうなほうに歩いていく。そうしているうちに、見覚えのある公園にやってきた。アスレチックがたくさんあるので、何度かママと一緒に遊びに来たことがある。ここから線路沿いに行けば、アパートに帰れるかもしれない。けどアパートまで帰っても、部屋には行けない。きっと施設に連れ戻される。もうあそこは嫌。自分の髪の毛を引っ張る子が、その服は変だって叩いてくる子がいるあそこは嫌だ。からかわれるのが嫌なら、服を変えてみたら？　って言う先生も嫌だ。ママがかわいいって言ってくれる自分がいい。自分が好きな、自分がいい。

公園に入った。みんな大きい広場に集まっていて、遊具で遊んでいる子はいない。ジャングルジムによじ登る。隣にある大きな木の青々とした葉っぱが、すぐ近くにやってきた。森の中にいるみたい。だから、一番上で「うおーん」って鳴いた。森のけもの、狼が仲間を呼ぶように「うおーん」「うおーん」って何回も鳴いてみた。

「何してんだよぅ」

狼になってたから、気づかなかった。ジャングルジムの下から、伊緒利ちゃんが自分を見上げている。伊緒利ちゃんは、スマホを耳にあてた。

「光、見つけたっす。公園とかにいんじゃないかってアタリつけたらビンゴ。これから施設に連絡……」

嫌だ。帰りたくない。ジャングルジムから逃げようとして、下りかけたところで足が滑った。

「あっ」

体がふわんと浮いて、落ちる。

「うわああっっ」

誰かの叫び声。体にズシンときたけど、痛くない。

「痛てて……」

自分のお尻の下で、伊緒利ちゃんが顔を歪めて呻いていた。目をぎゅっと閉じたまま動かない。

「伊緒利ちゃん、伊緒利ちゃん、大丈夫!?」

肩を摑んでゆさぶった。

「いっ、痛いっ、痛いって。ちくしょう、ちっとも大丈夫じゃねーよ。ガチで腰が死ぬ……」

死、という言葉に、心臓がギュッとされたみたいに苦しくなる。

「ごっ、ごめんなさい、ごめんなさい」

涙がブワワワッと溢れる。

「伊緒利ちゃん、ごめんなさい、ごめんなさい。だから死なないで、死なないで……」

呻いていた伊緒利ちゃんが「死ぬのは腰だよ。メインの本体は死なねーから、泣くな」と息をついて「上からどいて」と呟いた。慌てて立ち上がると、仰向けのまましばらくじっとしてから、伊緒利ちゃんは腰を押さえてノロノロと体を起こした。

「光さぁ、間山センセのトコに行くなってわけじゃねぇけど一応、施設の人に言ってから出てこいよ。みんな心配すんだろ」

責める言葉で、どんどん息苦しくなってくる。

「……だって、施設の職員に言ったら、ダメって言われる」

「そうなの？」

「だって、どこに行くか言えないし。ママを捜してもらっていること、話しちゃだめなんでしょ、だから……」

伊緒利ちゃんは「あーっ」と変な相槌を打ってきた。

「電車に乗っていく遠いところは、職員の許可がいるんだよ。一人だとだめなの。僕、この前も規則を守らなかったから、外出禁止って言われてたし」

伊緒利ちゃんは「そーゆーことね」と顎を掻く。

「けどなあ、何にも言わないでいなくなったら、みんなに迷惑がかかるだろ。心配させるしさ」

「だから、心配なの！」

伊緒利ちゃんが「心配って、みんなが心配してんのはお前だぞ」と言い聞かせるみたいに喋る。

「僕だって、心配なの。ママが心配なの。何も言わないでいなくなったから、ずっとずっと心配なの！」

両手で胸を押さえた。

「だって僕が心配しなきゃ、誰もママのこと心配してくれない」

涙が出てきた。

「誰も、ママのことを気にしてない。ママのことなんて、どうでもいいんだ。僕が捜さなきゃ、捜そうとしなきゃ、誰も捜してくれないじゃないか」

うわああああんと泣いた。頭にそっと手が置かれる。伊緒利ちゃんの手だとわかっていても腹が立つ。叩いて振りはらい、地面に突っ伏した。

「そんな、泣くなよぅ」

伊緒利ちゃんの声が困っている。わかる。泣いちゃいけないって思えば思うほど、涙は止まらない。

「俺が悪かったよ。俺が悪かったから泣くなって。ほら、そんなゴロゴロ転がってると、かわいいフリフリの服が汚れるぞ」

今は服なんてどうでもいいのに、わかってない伊緒利ちゃんにあてつけて、わざと声をあげてワンワン泣いた。あんまり泣いてたから「大丈夫ですか？」と声をかけてくる人がいた。「大丈夫っす。ちょっと嫌なことあったらしくて」と言い訳している伊緒利ちゃんが嫌で、もっともっと嫌が増えて涙が止まらない。

しばらく泣いてると、頭が空っぽになった。悲しいのはちょっと遠くなる。そのかわりに空っぽだ。体を起こす。伊緒利ちゃんは隣にいて、座ったままスマホを弄っていた。空っぽの心がうわーっと怒りでいっぱいになって、伊緒利ちゃんのスマホを奪い取り、思いっきり遠くに投げた。

「うわっ、お前、何すんだよぅ」

伊緒利ちゃんの顔は怒ってた。こっちも泣きながら睨みつけてたら、段々と伊緒利ちゃんの怒りが小さくなっていくのがわかった。

「僕、どうしたらいいの？」

大人の伊緒利ちゃんに聞いた。

「ママいなくて、寂しい。悔しい。もう嫌だ。どうしたらいいの？」

伊緒利ちゃんが「俺に聞かれても……」と口の奥でモゴモゴ喋っている。

「伊緒利ちゃんには、ママがいるの？」

「いるよ。一緒には暮らしてないけど……」

「どうして一人で何でもできる大人の伊緒利ちゃんにママがいるのに、子供の僕にママがいないの？」

伊緒利ちゃんが黙り込む。

「施設には、親のいない子がいるけど、どうしていないの？　どうして親のいる子と、いない子がいるの？　どうして僕は施設にいるの？　親がいないって、虐められるの？」

「親がいる、いないはケースバイケースっていうか……」

喉の奥から声を絞りだしている伊緒利ちゃんの膝を叩いた。

「どうして、僕の知らない言葉をつかうの！」

伊緒利ちゃんに怒ってたら、一人でいるよりも寂しい感じがしてきて、またぶわああっと涙が出る。伊緒利ちゃんは「泣くなって言ってんじゃん」とそっちのほうが泣きそうな顔をした。

「俺にはさ、お前の気持ちはわかんないよ。だからわかんないことを責められても、どうしようもないっていうか。俺はお前とは赤の他人だし、俺ができることは捜し物屋のセンセにお前のママ捜しを依頼するとか、せいぜいそんぐらいなんだよ」

「僕が、悪いの？」

伊緒利ちゃんは「そうじゃない、そうじゃなくてさぁ……」と俯く。しばらく伊緒利ちゃんは黙っていて、急に「お前さ、どうしたら自分が泣かないと思う？」と聞いてきた。わけがわからなくて返事ができずにいたら「遊園地行くとかどうよ」と言い出した。

「次の日曜に連れてってやるよ。弁護士のセンセに話を通してもらったら、まぁ何とかなんだろ。他にも俺にできることがあったら、法に触れない範囲でやってやるよ」

遊園地は好きなのに、今はちっとも行きたくない。

「抱っこ」

伊緒利ちゃんの上着を摑んだ。

「ママみたいに、抱っこして」

「ママみたいって、どうすりゃ……」

お手上げみたいに両手を広げた伊緒利ちゃんの胸に飛び込んだ。伊緒利ちゃんが「うおおおっ」と声をあげる。伊緒利ちゃんは、ママと違って柔らかくない。それでもじわっとあったかかった。

「ママみたいに、ギュッとして」

背中の手が、ギュッとしてくる。それでももっと、もっと欲しくて「もっとぎゅっと」「もっとぎゅっと」と繰り返した。ママはそんなに強くぎゅっとしてなかったけど、ぎゅうぎゅうになってつぶされそうな感じがよかった。それなのに、途中でフッと力が緩んだ。伊緒利ちゃんの顔を見たら「や、お前の骨、折れそうだから」と困った顔をしていた。

「ママみたいに『光、かわいい』って言って」

伊緒利ちゃんは「光、かわいいなぁ」って言う。でも違う。

「ママが言うのと、違う。日本語、下手な感じで言って」

伊緒利ちゃんは、無茶ぶりすんなよぅとぼやきながら「光、かわいい」って何回か言った。

「光、すきって言って」

伊緒利ちゃんは「んんっ」とちょっと唸ってから「光、すきだなぁ」と言う。ちょっとママが言ってるみたいに聞こえて、伊緒利ちゃんの胸に顔を押しつけた。

「光、あいしてるって言って」

ちょっと時間をおいてから、伊緒利ちゃんから「光、あいしてるぞぅ」ときた。

「もっといっぱい、いっぱい言って。かわいい、すき、あいしてるって言って。ママは毎日毎日、言ってくれたよ」

抱っこされたまま「かわいい」「すき」「あいしてる」って言葉を浴びる。ぎゅっとしがみついたら、ぎゅっと返してくれる。ママじゃないけど、伊緒利ちゃんは安心する。伊緒利ちゃんは、ママの大事なブローチを返してくれた。伊緒利ちゃんは、ママと同じお酒の匂いがした。伊緒利ちゃんはママを捜してくれてる。伊緒利ちゃんは抱っこして「すきだ」って言ってくれる。

目を閉じてたら、ざわざわと音がした。さっきまでなかった風が吹いてきて、ジャングルジムの横の木の葉が、ざわりと揺れる。伊緒利ちゃんに映っている木の葉の影が、風といっしょにゆらゆらと揺れた。土の匂いがする。空は晴れているけど、雨が降りそうな土の匂いだ。

打ち上げ花火みたいにバチバチしてた気持ちが、すーっと消えて静かになる。頭をぽんぽんされて「落ち着いたかぁ」と聞かれた。うんって本当のことを言ったら、もう抱っこしてもらえない気がして首を横に振ったのに「もう泣きやんでんだろ」とすぐにバレた。

「お前は個性的で集団生活向いてなさそうだし、ムツカシートコはあると思うけどさ、とりあえず施設に帰れよ。みんな心配してっし」

頭を撫でられる。この手は、自分をかわいいって思ってる手だ。わかる。

「ママのことはさ、何か進展があったらすぐに連絡してやるよ。だから無理に施設を抜け出したりするな」

「僕、電話を待ってた。職員の人に、毎日聞いてた。今日は僕に電話、ありませんでしたかって」

伊緒利ちゃんは「じゃあさ、何もなくても毎日電話してやるよ」と約束してくれた。ママのこと、毎日電話してくれるんだって思ったらすごくホッとした。

「泣きやまなかったら、どうしようかと思ったわ。もう暗いなぁ。施設まで送ってってやるよ。ほら」

伊緒利ちゃんに手を差し出されて、のろのろと立ち上がる。と同時につま先にズクンと痛みがきて「痛っ」と声をあげてしゃがみこんだ。伊緒利ちゃんがびっくりした顔をする。

「なっ、なに。どうしたよ」

「足、痛い」

「痛いって、ジャングルジムから落ちた時に、どっかぶつけたか？」

「つま先、痛い」

伊緒利ちゃんに「靴、脱いでみろ」と言われたから両足とも脱いだ。右も左もつま先が赤くなり、特に右の足の親指の爪は紫色になっていてびっくりした。

「うわっ、爪が死んでんぞ。中学のマラソン大会の後で、爪がこんなんなってる奴がいたけど……」

「……靴、きつい」

伊緒利ちゃんは、つま先とスニーカーを交互に見たあと「お前、歩ける？」と聞いてきた。素足のまま立ち上がる。靴を履かなかったらつま先は痛くない。けど……。

「足の裏、痛い」

伊緒利ちゃんは「ですよね～仕方ねえなあ」っておんぶしてくれた。おんぶとか、久しぶりだ。伊緒利ちゃんの背中は硬くて、やっぱりママとは違ってて、もしかしてパパがいたらこんな感じなのかなと思いながら、伊緒利ちゃんの首に額をぴったりくっつけた。ちょっと煙草みたいな匂いがする。

コンビニまで行く。伊緒利ちゃんが買い物している間、外で待ってたらすぐに出てきた。ウエットティッシュで両足を拭いて、紫色になった爪を包帯でそっと巻いてくれる。

「この爪なぁ、べろってはがれると思うけど、また新しいの生えてくるから、気にすんな」

包帯を巻いてから、またおんぶで伊緒利ちゃんは歩く。アーケードのある商店街に入ってすぐのところにある小さな靴屋、店の前に置かれたワゴンセールのサンダルの前で足をとめた。

「サンダルだったら歩けるだろ。自分で選べよ。買ってやるからさ」

伊緒利ちゃんの背中から降りて、きつくなってたスニーカーを踏みつけて立ってワゴンを覗き込む。いくつか履いてみて、赤を選んだ。

「その色でいいのか？」

「ピンクがいいけど、大きいのないから」

そう言ったら、伊緒利ちゃんが店の中に入って、頭のはげたおじさんに、店頭に置いてあるサンダルのピンクはないかって声をかけてくれた。そしたらピンクが出てきて、嬉しかった。

伊緒利ちゃんははげたおじさんに「この子の足に合うスニーカーないすかね？」と聞いた。

「前の靴が小さくなって、指を痛めたみたいなんすよ」

はげたおじさんは、サンダルを履いた足をチラリと見て、ピンクのスニーカーを持ってきてくれた。右足は痛いから、左だけ履いてみる。最初のは爪先がパカパカする。

「ちょっと、大きい」

そう言うと、伊緒利ちゃんがもう一つ、下のサイズを頼んでくれた。足を出したら、伊緒利ちゃんがスニーカーを履かせてくれる。片方の、靴。

……小さい時に読んだ、シンデレラの絵本を思い出す。あの話、大好きだ。

「これで大丈夫そうか？」

頷くと、伊緒利ちゃんはピンクのスニーカーとサンダルの両方を買ってくれた。サンダルを履いて、古くて小さいスニーカーと、新しいスニーカーが入った袋を抱えて歩く。

「買った後になんだけどさ、施設って赤の他人がそういう靴とか買ってあげてもいいもんなのか？」

「わかんないけど、ダメって言われたら隠す」

伊緒利ちゃんは「隠すかぁ」と目を細めてハハッと笑った。

「決まりを守るってのは基本だけど、人に迷惑かけない程度なら嘘も許されるってもんだよなあ」

「伊緒利ちゃん」

すきっ歯の顔が自分を見下ろす。

「靴、ありがとう」

袋をぎゅっと握り締める。伊緒利ちゃんの手が、頭に置かれた。

「安物だけどな。もう泣くなよ～」

コクリと大きく頷いた。駅に着いてから、お金がなかったことを思い出した。正直に話したら、伊緒利ちゃんは「しゃあねえなあ」と切符を買ってくれた。

電車は空いてて、ドアの近くの席に二人で並んで座った。伊緒利ちゃんは財布の中からカードを取り出した。

「これ、テレホンカードって言うんだけどさ、知ってる？」

首を横に振る。

「公衆電話の使い方、わかる？」

頷く。学校の防災訓練で、災害時、携帯電話が繋がらない時は、公衆電話が使えます。使い方はこうです。学校の近くだと、ここにありますって場所を教えてもらった。

「このカード、金がチャージされてるから、公衆電話に入れたらさ、そのまま電話がかけられるの。言いたいこととかあったら、電話を待ってなくていいから、ガッコの帰りにでも俺にかけてこいよ〜。何かあった時用のホケンで持ってたやつだけど、古い懸賞の残りがまだ会社にあんだよね。表示される数字が0になったら言えよ。新しいのやるからさ」

伊緒利ちゃんは、電話番号を教えてくれた。一回で覚えた。靴とカード。どっちも嬉しい。嬉しいプレゼントだ。

プレゼント……何か頭に引っかかる。……あっ、思い出した。伊緒利ちゃんの服の裾を引っ張ったら、「んんっ？」と振り返る。

「ママがね、プレゼントをあげたんだ」

「プレゼント？」

「お客さんにあげるプレゼント、デパートに買いに行ったんだ。ママはネクタイを買って、店員さんに、ギフトカードがつけられますよって言われたの。ママは日本語が書けないから、財布を探して『この名刺の名前をカードに書いてください』って店員さんに見せてた。その名前がね、鈴村章（すずむらしょう）って名前だった」

自分を虐めてた小石章人と同じ漢字があって、ちょっと嫌だなって思ったから、覚えてた。

伊緒利ちゃんは「ふーん」とどうでもよさそうな顔をしてる。

「和樹さんに、ママの知り合いに男の人はいないかって聞かれたんだ。ママがお客さんにプレゼントとか、僕が知っているのその人だけだから」

伊緒利ちゃんは「間山センセに伝えとくわ」とスマホを開いて入力した。別に言わなくてもよかったのかもしれない。けど言ったほうがいいかなってモヤモヤするのも嫌だった。

電車の外、窓に斜めになった水の跡がついた。

「雨だ」

伊緒利ちゃんも窓を見て「マジか！　さっきまで晴れてたのに、何だよ」とぼやく。

「雨、降りそうだったよ。だって雨の降りそうな匂いがしてたもん」

伊緒里ちゃんが「お前、ドーブツみたいだな。ジャングルジムの上でも、ウオンウオンって犬みたいに吠(ほ)えてたし。変なモンにとりつかれたのかと思ってマジビビったわ」と笑っていた。

雨は降ってもちょっとだったから、傘をささなくてもそんなに濡れなかった。施設に帰ると、職員に物凄く怒られた。前は伊緒利ちゃんの前で怒りを抑えてた職員が、口から火を噴くゴジラみたいになっている。伊緒利ちゃんも顔を強張らせてた。すっごく怒られたけど、伊緒利ちゃんが「寂しいんですよ～」「心細いんですよ～」「俺は迷惑なんて思ってないんで～」と何度も先生に言い訳してくれた。

「じゃあな～光。いい子にしてろよ」

伊緒利ちゃんが帰っていく。サンダルのまま、ゲートのとこまでついていった。そこからひょろっとした背中が見えなくなるまで、ずっとずっと見送った。

ママじゃない、友達でもない、自分を守ってくれる大人の背中をずっと、職員に腕をひっぱられて建物の中に入れられるまで、ずっと見ていた。

第三章

宝井広紀の受難

細かな雨のせいで、街は薄いフィルターをかけたみたいにぼんやりとした景色になっている。見上げた四階建てのビル、二階にある弁護士事務所の窓はカーテンがきっちり閉じられていた。

夕方の五時を少し過ぎたぐらいだが、徳広は職場から家に帰ってしまったらしい。けれど最上階にある捜し物屋の窓は事務所部分に人影が見える。間山兄弟は在宅のようだ。弟の白雄は料理をするので、残ったこれを使ってくれるかもしれないと、助手席の段ボール箱に目をやる。

宝井広紀(たからいひろき)は車を近くの駐車場に入れた。短時間ではあるものの、違反切符を切られたら面倒臭いことになるので、路駐したまま車は離れないことにしている。田舎の交番勤務とはいえ、自分が警察官であるだけ余計に。

霧雨なので、傘をささずに段ボール箱だけ抱え、ビルまで小走りする。雨が降っているせいか、六月でも半袖だとじわっと肌寒い。

念のため、二階の弁護士事務所にも立ち寄りドアをノックしたが、やっぱりというか案の定というか、反応はなかった。昨日配信された「アネモネ7　配信限定みけねこライブ」について徳広や三井と語り合いたかったし、ここに立ち寄った目的の七割はそれだったが、不在なら仕方ない。

四階まで階段を上がると、昼から立ちっぱなしだったせいで、軽く足にきた。このビルは造りが古く、エレベーターはついていない。

「捜し物屋まやま」とプレートのついた扉、その横にあるインターフォンを押す。中から「はーい」と聞き慣れた声が聞こえた。まさか、いや、それもありうるぞと思っている間にドアがガチャリと開いて、小太りの弁護士がひょっこり顔を出してきた。同時にふわっと、香ばしい匂いが漏れ出してくる。

「あれっ、ポリさん？」

徳広が小さめの目を大きく見開き、驚いた表情を見せる。

「こちらにいたんですね。ちょうどよかった。何度かラインは入れたんですが……」

徳広は「えっ、そうなの」と尻ポケットからスマホを取り出し、両手で握り締めて「ああっ」と唸った。

「ストーカー被害で物音に神経質になってる依頼人が来てて、ずっとサイレントモードにしてたの忘れてたよ……申し訳ない。俺に何か用だった？」

「大したことじゃないんです。もしよかったらこれを食べてもらえないかなと思ったので」

段ボール箱に入った果物と野菜を見せる。徳広は「おおっ」と肉のついた背中をピンと伸ばした。

「凄いじゃないの。ま、とりあえず入って」

徳広に促され、宝井は捜し物屋の事務所に足を踏み入れた。中には所長の間山和樹と弟の白雄、そして上下ジャージでチンピラ風味を漂わせる若い男がいた。

「ポリさんじゃ〜ん、どうしたの？」

Tシャツに膝丈パンツ、所長という威厳は皆無の和樹が近づいてくる。段ボール箱の中を覗き込み「うおっ、野菜じゃん」と朝どれの茄子を指先で突いた。

「実家で作ってる無農薬野菜なんです。都内の公園でやっている青空マーケットに出店して、俺も手伝ってたんですが、あいにくの雨で少し売れ残ってしまって。みなさん、もらってやってくれませんか」

「白雄、茄子あるよ、茄子。明日、焼き茄子作ってよ」

ソファの傍にいた白雄も近寄ってくる。背も高く顔も整っていて、芸能人と言われても納得するイケメンの彼だが、子供の頃から声を出すことができないと聞いている。その影響かもとからの性格かわからないが、とにかく無愛想だ。宝井と視線が合っても、軽く会釈する程度。表情も乏しく、何を考えているかよくわからないが、和樹の隣で野菜の入った段ボール箱を見る目は、心なしか嬉しそうに見える。

徳広は「俺、自炊をしないからなぁ」と夏みかんとイチジクを二つだけ手に取った。チンピラ風味のジャージは松崎という名前で、和樹の担当編集者だと紹介されたが、彼も料理はしないとのことで、残った野菜、果物は全て間山兄弟が引き取ってくれた。

「三井さんはいないんですね」

二階の弁護士事務所と四階の捜し物屋の総合受付も兼ねている三井は、オフも徳広とセットで行動していることが多いが、今日は姿が見当たらない。ここに来る前にラインを入れてみたものの、こちらも反応はなかった。

「三井っちさ～腹の具合がメチャ悪くて、午後から家に帰っちゃったんだって」

和樹は売れ残りの夏みかんに早速手を伸ばし、むしゃむしゃと食べながら喋る。甘酸っぱい匂いがこちらまでふわっと香ってくる。

「一昨日から、朝昼晩三食ともピザばかり食ってたらしいよ」

和樹の話に、もしやと思い徳広を振り返ると「キャンペーン初日にさ、七人揃うまで連続してピザを十五枚買ったんだってさ」とやれやれといった表情で肩を竦めた。

徳広、三井、そして宝井はアネモネ7という地下アイドルグループのファンクラブに所属している。宝井はポリポリというハンドルネームでSNSのアカウントを作り、アネモネ7、推しのゆかりんへの愛をネット上に垂れ流している。

そのアネモネ7が一昨日からマイナーなピザチェーン店とコラボレーションして、一枚注文するたびにシークレットになったメンバーのラミネートカードがもらえるというキャンペーンをはじめた。ちなみに宝井も一昨日、ピザ店に立ち寄り、二枚目で推しのゆかりんのカードを引き当てた。コンプリートする趣味はないので、その一枚をコレクションファイルに入れて愛でている。

しかし三井はコレクター気質があり、推しはミイミイというメンバーだが、アネモネ7という全体のパッケージも愛していて、キャンペーンの際は全員のグッズを集めていた。

一刻も早く全員をコンプリートしたいという気持ちにシークレット仕様が追い打ちをかけ、連続十五枚購入という暴挙に出たのだろう。食べ物を捨てない、粗末にしてはいけないという気持ちで食べたのはわかるが……まあ一言でいえば無謀だ。

それをしたらダメだと薄々わかっていても、止められないタイプの人間というのは一定数いる。三井の場合は自己完結しているので問題はないが、それが人に迷惑をかけはじめると、宝井の職場、警察署の世話になることになる。

「あ、そうだ。ポリさんもさ、来たついでにアレ食ってかない？」

和樹に指さされた先、事務所の応接セットのテーブルには、アネモネ7とコラボしたピザ店の箱が山と積まれている。部屋の中にたちこめる香ばしい匂いの正体だ。

「祐さんがさ〜差し入れてくれたんだけど十枚もあるんだよ〜食い切れねぇっての」

視線が合うと、徳広はてへっと笑った。好きなだけ食べていいと言われたが、それでは申し訳ないので、宝井は近くのコンビニからお茶と炭酸飲料の二リットルのペットボトルを二本ずつ買ってきて差し入れた。一昨日買った二枚のピザは、同じ寮の先輩たちに食べられてしまったから嬉しい。

テーブルにバーンと並べられた十種類のピザを、前後左右から伸びてきた手が好き勝手に摘まんで食べていく。初見では凄い量だとおののいたが、男五人なら何とか食べ切れそうだ。

徳広は昼、ピザ店に行って店と交渉し、引いたカードの分だけピザを買うという条件で、先にカードを引かせてもらったようだった。十七枚引いたところで全員をコンプリートし、そこでピザの代金を支払い、夕方の指定で事務所に届けてもらっていた。そして十七枚のうち七枚を一階の不動産屋に差し入れ、十枚を捜し物屋に差し入れたのだ。大量のピザを三井は自ら消費し、徳広は各所への差し入れという形で片づけた。まぁ、後者の方が本人の胃への負担が少なく、周囲も幸せで平和な解決法だ。

「あのぅ、ポリさんって本名なんすか？」

向かいに座っていた編集、松崎が聞いてくる。

「本名は宝井ですが、ハンドルネームがポリポリなんです」

「ポリさん、現職の警察官なんだよ～」

隠していたわけではないが、和樹がばらす。松崎が「おおっ」とのけぞった。

「現職警察官、いいすね～。毎日が非日常っぽくて」

もしかして、犯罪多発地域の捜査一課の刑事をイメージしているのだろうか。捜し物屋から車で二時間、宝井が勤める田舎の交番に来る案件は、落とし物、迷子、交通事故が殆どで、ごくたまに万引き、年に二、三件空き巣事件が入るぐらい。最寄り駅も最終バスが午後九時で、日が暮れると人そのものが歩いていない。夜、公園の木陰でガサリと物音がしたので、迷子、もしくは職質案件かと「あの、すみません」と声をかけたら猪で青ざめたこともある。

「間山センセ、いいネタ元揃ってるじゃないすか。やっぱ事件モノ、一回やってみちゃどうすか」

松崎から、いかにも編集者らしい言葉が出てくる。和樹は、「やだよ。事件モノとかそっちが専門の人いるじゃん。俺、興味ないし書ける気しない」と嫌がっていた。

ピザを食べる面々を眺めていると、食べ方一つ取っても個性があるとわかる。和樹は全種類のピザを順に摘まむが、白雄は一番人気のシーフードピザ一択。「お前、美味いのばっか食ってんなよ」と和樹に文句を言われていた。徳広はゴルゴンゾーラ&ハチミツのピザと、四種のチーズピザの高カロリーコンビを交互に、松崎も和樹のようにあれこれ摘まんでいるが、立つのが面倒なのか座ったまま自分の手の届く範囲のピザを順に食べている印象だ。

「俺、学生の時にイタリア行ったんすけど、そこのピザがメチャ美味かったんすよね～」

松崎がぽそりと呟く。本場のピザとなれば、材料も厳選された上に手間暇かけられているのでそりゃあ美味しいだろう。それをチェーン店、大量生産のピザと比較するのは土俵が違うのではと、ちらりと思う。

「俺、海外って行ったことない～」

和樹が口にピザを詰め込んだまま、ファゴファゴと喋る。

「修学旅行で行かなかったの？」

徳広に聞かれ「修学旅行、俺と白雄は北海道だったんだよ。部活みたいにスキーばっかしてて、メチャキツかった」とゴクリとピザを飲み込む。

「俺は沖縄だったよ。定番の美ら海水族館とかひめゆりの塔とか行ったな。ポリさんはどうだった？」

徳広が話を振ってくる。修学旅行の行き先か、それとも海外旅行経験の有無かわからないまま「修学旅行は京都ですが、ネバダにも……」と答える。

「ネバダって、ラスベガスがあるとこっすよね。修学旅行でネバダとか、マニアックすね」

松崎が水のようにごくごくとコーラを飲む。

「修学旅行ではなく、ネバダには小学三年生まで住んでいました」

そこにいる全員の視線が、自分に集中するのがわかる。

「親の仕事の関係で、ラスベガスにいたんです。向こうで生まれたので、二十歳の時に国籍を日本にしました」

和樹は「よくわかんないけど、何かかっけ〜。じゃ、英語もペラペラなんだ」ときらきらした目で見つめてくる。

「殆ど忘れてしまって、今は日常会話がせいぜいですね」

照り焼きピザを咥えた松崎と、目が合う。

「帰国子女っすか〜。けど帰国子女オーラみたいなの、皆無っすね」

オーラとは何だ？　と思いつつ「小三の時に帰国してからは、ずっと日本ですから」と返す。

「ポリさんのご両親ってさ、ベガスで何の仕事をしてたの？」

徳広の問いかけに、少し言葉が詰まる。

「……エンタメ業界で働いてましたね」

「もしかして、凄腕ギャンブラーとか？」

和樹がテーブルに身を乗り出してくる。

「どうしてそこでギャンブルなんすか。エンタメっていったら、普通はショー関係っしよ」

　松崎に突っ込まれ、和樹は「ギャンブルもエンタメじゃん！」と反論していた。

「ギャンブルはさ、やめといたほうがいいよ。うちの事務所にも旦那がギャンブルにハマって離婚するケースが何十と来てるからさ〜」

　徳広が実感を持って語る。そのままベガスの話は流れ、内心ホッとした。隠しているわけではないが、ベガス時代のことはあまり話したくない。両親の件に触れずにいるのが難しいからだ。

　宝井の父親はマジシャンだった。活動拠点はラスベガスにある小劇場で、宝井は九歳までネバダで暮らしていた。父親のマジックは道具を使った大がかりなもので、母親は助手として父親と同じステージに立っていた。

　自分と六歳上の姉は、学校が終わるといつもショーの行われる劇場に行った。姉は劇場でアルバイトをしてお小遣いを稼ぎ、宝井はいつも舞台袖で遊んでいた。

　自分たち姉弟は劇場の関係者や団員にかわいがってもらい、子役が必要な時やちょっとしたイベントの際はいつも手伝いをしていた。

　華やかなショーを、客席から見るのが大好きだった。舞台裏はいろいろなハリボテや道具があって騒々しいけれど、客から見える部分は夢の世界でキラキラしている。なので空席があれば、勝手に客席に座ってショーを見ていた。ヒスパニック系の支配人は宝井に気づくと「ボーイ、うちのショーは最高だろう」とニコニコしながら頭を撫でてくれた。

舞台の上の両親は、とてもかっこよかった。箱から父親が消えるたび、再び現れるたびに歓声がおこる。そして最後はいつも客席から割れんばかりの拍手を浴びて両親は舞台から下がった。

その日も、時間通りにショーがはじまり、宝井は端の空席でそれを見ていた。両親はテーマソングにしているボレロの音楽でステージに登場する。父親がいつものように箱の中に入っていく。もっと大きくなったら、自分もあの箱に入って消えてみたい。箱の下の床が開いて、下へ降りて行けるという仕掛けを知っていても、みんなをあっと驚かせてみたい。

父親の入った箱が、ステージの上で一回転する。その途中でいきなりガゴッ、ガゴッと大きな音がして箱が左右に揺れ、ステージから……母親と一緒にフッと消えた。普段と違う、どうしてだろうと思った瞬間、ズダンという大きな音が、軽い震動と共に劇場内に響き渡った。

客席がザワつきはじめる。司会のニックがステージに飛び出してきて「ショーをご覧の皆様、これから二十分間の休憩にさせていただきます」と早口でアナウンスし、その背後でカーテンが下ろされていった。胸が嫌な感じにザワザワして、宝井は客席を飛び出しバックヤードに走った。

　地下室に飛び込む。父親が脱出マジックの際にいつも使っている舞台の昇降機、ベッドぐらいの大きさのそれが、中途半端な高さ、しかも台の部分が斜めになった状態で止まっている。

　床には、脱出マジックに使う箱が壊れて転がっている。その傍らで燕尾服の父親が横たわり、次が出番だったダンサーのマイクが懸命に呼びかけていた。父親の反対側で、母親は俯せになっている。その下、床に赤いものが見える……駆け寄っていこうとすると「見るんじゃない、ボーイ」と支配人に引き止められ、控え室に連れて行かれた。

　救急車が到着し、両親は病院に運ばれた。昇降機の故障で、二人は五メートルほどの高さから地下に落ちた。箱ごと落ちた父親は首の骨が折れて即死。母親も頭を強く打ちつけ、意識不明の重体になった。

　事故の原因は昇降機の故障で、両親は中途半端な状態で止まった昇降機が斜めになったことで、高い場所から振り落とされた。昇降機は定期的に点検はしていたが、点検業社を他社に切り換えた直後の惨事だった。オーナーは「不幸な事故だ」と悲しんでくれたが「私の責任ではない」と断言した。

　両親が突然の事故に見舞われた二人の子供に、劇場の団員はみんな優しかった。ご飯を作ってくれたり、優しく抱き締めてくれたりした。姉は宝井と団員たちの前では気丈に振る舞っていたが、一人になるとずっと泣いていた。

宝井は毎晩、夢を見た。衣装を着て、ステージに立つ両親、華やかなスポットライト。ボレロの音楽と共に二人の姿はフッと消える。宝井はステージに駆け寄り、舞台の真ん中にできた大きな穴を覗き込む。そこから見えるのは、地下で横たわる両親の姿だ。泣きながら目をさまし、隣で寝ていた姉に抱き締められた。事故から四日目、父方の祖父がネバダにやってきた。祖父の顔を見るなり姉は「おじいちゃん」と泣き崩れた。祖父の到着を待っていたかのようにその翌日、母親も亡くなった。

祖父は両親を火葬にし、遺骨と孫を連れて日本に戻った。両親が亡くなり、日本に行くまでの二週間程のことは、ショックと帰国のバタバタが重なり、あまりよく覚えていない。

悲しくても、誰かを恨むことはできなかった。昇降機の点検をした人が悪かったと言われても、その人の顔も名前も自分は知らない。ただ両親の死で、それまで当たり前だった日常がハンドミキサーでかき混ぜられたようにぐちゃぐちゃになったのだけはわかった。その象徴がボレロだ。マジックショーのテーマだったボレロ。それが両親の死へと繋がるテーマ曲になり、今でも耳にすると、当時の惨劇がフラッシュバックする。

帰国してからは父方の祖父母の家に住み、小学校に通い始めた。悲しみに囚われたまま、環境も何もかもネバダとがらりと変わった場所で過ごす。授業は当然だが日本語で、ついていけない。両親とは日本語で話していたので日常会話はできても、現地の小学校に通っていたので、読み書きは英語がメイン。日本語の読み書きは苦手な上に、漢字が殆ど書けなかった。

自分ではちゃんとしていると思っていても、発音が英語訛りになっていて、宝井の言葉はたびたび変だと言われた。いつだったか咄嗟に「Oh terrible」と口にしてしまい、そのせいでしばらく「てりぶー」と虐められた。それまで普通に喋っていた言葉なのに、日本に来た途端に「おかしい」と言われる。味方はどこにもいない。アメリカではいつも「自分に自信を持って」と言われたのに、日本だと虐められるばっかりで、自信が持てない。日本人なのに日本語がちゃんと喋れない、書けない自分が駄目な子なんだと思い込み、人と関わるのが凄く嫌になった。同級生と一緒にいたくなくて、学校が終わるといつも畑に行って祖父の手伝いをした。祖父は「子供のうちは、友達と遊べ」と言ってくれたが「こっちがいい」と傍を離れなかった。

日本に来て二年、三年と経つうちに日本語の読み書きも不自由なくできるようになり、それと引き換えに英語力は急速に退化した。喋る時に凄く気をつけたので、不意に英語が出てくることもなくなった。ただ言葉の細かなニュアンスを捉えるのが苦手で、お願いしたい時に「お願い」ではなく「やって」と偉そうに言ってしまい、気まずくなったことが何度もあった。それを避けるため、誰と話をする時も丁寧な言葉遣いを心がけているうちに、今の喋り方になった。

日本に帰国してすぐの頃だった。祖父は何も言わなかったけれど、祖母は「アメリカに行かなければ、あの子たちも子供を残して死ぬことはなかったのに……」と何度かこぼしていた。

「人間は、普通が一番だよ。普通がね。お金を稼げなくたって、誰に褒めてもらわなくたっていい。そこそこに働いて、普通にご飯が食べられたら、それで十分なんだよ」

宝井はラスベガスの小劇場の雰囲気が、団員が好きだった。しかし両親が亡くなったことで、騒がしく華やかなあのステージは死の場所になった。スポットライトの下にいる両親に憧れたけれど、二人が傍にいてくれるならマジシャンでなくてもよかった。祖母の言うように、普通の人でよかった。普通の人がよかった。

祖父母との田舎の暮らしは淡々としていた。年中畑を耕し、季節の作物を育てる。風と土の匂いのする場所で、宝井も祖父母を手伝った。スポットライトや拍手がなくても、そこには自分が食べるものを育てるという収穫の喜びと、穏やかさがあった。

地元で警察官になった時に、二度と華やかな世界に触れることはないと思っていたのに、「アネモネ7」のライブチケットを手にしたことで人生が変わった。友人の結婚式で再会した高校の同級生から、弟が芸能事務所でアイドルのプロモーションをしているけれど、ライブのチケットが売れなくて困っているので買ってくれないかと頼まれ、大変そうだなとカンパのつもりで一枚購入した。

見に行く気はなかったが、ライブ当日、たまたま姉が出店している青空マーケットの手伝いで都心まで出てきていた。ちょっと見てみて、つまらなかったら帰ろう。それぐらいのノリでライブ会場に足を踏み入れた。

小さな劇場に小さな舞台、そしてスポットライト。幼い頃の記憶がフラッシュバックしそうになったが、それを吹き飛ばすほど地下アイドル、アネモネ7のライブは楽しかった。かわいい女の子七人が、様々な色のスポットライトを浴びて楽しそうに飛び跳ね、歌う。そんな彼女たちは、宝石のようにキラキラしている。自分の心の最下層に押し込めていた、忘れようとしていたショーの華やかさ、楽しさが蘇ってきて、一晩でハマった。

それから足繁くアネモネ7のライブに通い、推しのゆかりんに声援を送った。今はキャンプ場での事件がきっかけで仲良くなった徳広、三井というアネ友と共に、充実したオタ活ライフを送っている。捜し物屋の兄弟はアネ友ではないけれど、徳広や三井とよく一緒にいるので、みんなで遊ぶことも多い。社会人になってから、これほど気の合う遊び仲間ができるとは思わなかった。

間山兄弟もいるので、アネモネ7の話は控えたほうがいいかと思ったものの、どうにも我慢しきれずに「みけねこライブ、見ましたよね」と徳広に話を振ってしまった。それを待ってましたとばかりに、隣の男が勢いよく振り返る。

「もっちろんだよ~みけねこダンス、ミイミイがもう神かってぐらいかわいくてさぁ」

徳広が溶けかけたアイスのようにデレッとした顔で目を細める。

「みけねこダンス、よかったですよね。ゆかりんも史上最高でした。特に『みけねこにゃんにゃ』でゆかりんが『いっしょに~』で振り返って、右足でボックスステップを踏んで、左に三歩下がって左足を曲げてみゃーって鳴いたところで、尊くて死ぬかと思いました。ミイミイも『にゃんにゃ』のコーラスで、ゆかりんと同じステップ踏んでましたよね。尻尾が揺れるのがかわいかったです」

自然と手足がゆかりんの振りを小さくトレースする。

「ポリさん、いつもながらよく見てるね。踊り覚えるのも早いしさ~」

徳広に感心され「いえいえ」と首を横に振る。

「覚えるのは得意なんですが、俺にダンス系の才能はないですよ。姉に『ロボット』って言われたこともあるぐらいですし。エモーショナルに踊れる徳広さんが凄いです」

二人でアネモネ7の話題で盛り上がる。正味四十分のみけねこライブで、三日は語り尽くせる自信はあるが、ここにいるほかの人はアネモネ7の話に興味はないだろうし、次は三井も交えて三人でじっくり語ろうと、意図的にライブの話は切り上げた。

「あ、そうだ。これからさ、ポリさん何か用事ある？」

口許をピザソースだらけにした和樹に聞かれ「いいえ。もう寮に帰るだけですが」と答える。

「三井っちが行けなくなって、九時からのショーのチケットが一枚余っちゃってんだよ。白雄は嫌だって言うし、あげるから一緒に来ない？」

ショーと聞いて、胸の表面がざわりとする。

「何のショーですか？」

和樹が「ちょっとエロい感じのやつ」と体をくねらせるが、全く色っぽくない。エロでショーと聞くと、ストリップぐらいしか思い浮かばない。行ったことはないが、興味がないといえば嘘になる。一度ぐらいそういう社会経験をしておくのも悪くないが、ただそこには問題があった。

「そのショーは合法ですか？」

違法性があり、踏み込まれた現場に現職警察官がいたとなれば、自分は署長の激おこ物件になる。和樹の横から「合法だし、クリーンだよ」と徳広が答えてくる。

「人を縄で縛ったり吊ったりするんだけど、ロープショーって銘打ってあって、芸術系になるみたいだね」

……縛ったり吊ったり、それは世間では一般的に緊縛と呼ばれるSMのたぐいではないだろうか。反社会的組織が関わっていたり傷害事件があったことで、それに対する知識だけはある。ストリップならともかく、縛られる人間を自分から、プライベートで積極的に見に行こうと思ったことはない。

「申し訳ないですが、俺は遠慮させてください」

サクッと断る。隣の徳広が「えええっ」と声をあげた。

「時間あるならさ、一緒に行こうよ」

腕を摑んで揺さぶられ、気持ちがぐらりと揺れる。

「SMや緊縛に偏見はありませんが、俺は人が痛がっていたり、苦しがっているのを見るのが苦手で……」

「俺もそういうのが好きなわけじゃないけど、ショーってぐらいだし、ほぼほぼ演技だと思うよ」

説得されるが、演技でも見たくない。徳広が考える、普通の人の何倍も自分は「痛がる」「苦しむ」人の姿を見るのが苦手だ。ドラマでも、そういうシーンはスキップする。小学生の時の「トラバサミ事件」が未だに尾を引きトラウマになっている。

宝井が小学六年生の時、村で野菜の盗難が相次いだ。昔から野菜泥棒はいたがその時は組織的で、畑一面に実っていた作物を全て持っていかれた農家もあった。

村は自警団を作り、定期的に夜の見回りをした。駐在所の警察官も頻繁に村内をパトロールし、その効果もあり被害は減ったものの、油断をすると即やられる。人目のない山間の畑は忍び込みやすく、抜け道がいくつかあって逃げやすいという地形もあり、泥棒とのいたちごっこが続いていた。
祖父は「こそ泥は猪よりタチが悪い」とぼやいていた。猪なら、罠（わな）や電気柵である程度の対処はできるが、人は知恵がある。ある農家は電気柵の電源を破壊された上に作物まで盗まれて、大損害を被っていた。

　そしてとうとう祖父の畑もやられた。山際にあった人目につかない畑の野菜が、収穫まであと数日かというところで根こそぎ奪われたのだ。土曜日、祖父の手伝いをするため一緒に畑についていった宝井は、昨日まで元気に育っていた野菜が何一つなくなり、畑がメチャクチャに踏み荒らされていることにショックを受けた。

　祖父も無言のまま、呆然（ぼうぜん）とその場に立ち尽くしていた。そして「やられた」と悔しそうに歯がみした。畑のまわりには猪よけの柵を巡らせていたが、お金がなかったので電気柵にはしていなかった。猪が踏んだら足にワイヤーがかかるという罠もしかけてはいたけれど、人には無意味だった。

　警察に連絡し、状況を見てもらった。駐在所の警察官もやってきて「現行犯じゃないと逮捕が難しいんです」と悔しそうな顔をしていた。届けが終わると昼を過ぎていて、それから祖父と二人、荒らされた畑を片づけた。

　夜中に盗みに来たので、よく見えなかったのだろう。食べ頃の野菜が踏みつけられていた。そんな中でも、祖父は食べられそうな野菜を拾って籠に入れた。

宝井が世話していた小松菜は、収穫もされずにこれ見よがしに踏み潰されていた。あまりお金にならない野菜はそういう血も涙もない扱いをされていた。

この小さな畑から採れる野菜は数万円になるはずで、祖父は宝井に「クリスマスに何でも買うてやる」と話していた。しかしもうプレゼントはおねだりできないと子供心にもわかった。

踏み潰された小松菜を抜いているうちに、悔しくて悲しくてじわっと涙がでてきた。泣きながら作業していると、祖父に「泣くな」と頭を撫でられた。

「神さまはちゃんと見てる。悪い奴には、天罰が下る」

荒らされ、メチャクチャになった畑を片づけて家に帰った。その日の夜から祖父は毎晩、残っている畑の見回りに行くようになった。雨が降っていても、祖母が止めても出掛けていく。それがよくなかったのか風邪を引き、寝込んでしまった。丈夫な祖父の具合が悪くなったことで、宝井は恐怖を覚えた。自分にとって、家族は祖父母と姉だけ。その三人のうちの誰ももう欠けてほしくなかった。

「じいちゃん、死なないよね」

そう言う孫に、祖父は「風邪で死んだりせん」と笑っていたが、声はしわがれ、顔は青白かった。そして「畑は大丈夫かのう」と泥棒に荒らされないか心配し、自警団の知り合いから「今日は大丈夫だった」と聞いてホッとした表情を見せていた。

宝井が「夜に畑を見てくる」と言っても「子供はいかん。相手がどんな奴らかもわからんから、危ない」と許してもらえなかった。

野菜を盗んでいく泥棒が、世界で一番憎かった。三軒隣の家も、畑を荒らされて今年の収穫が減ったとおばさんが泣いていた。自分の子を奪われた気分だと話している人もいた。みんな、世話をして、手をかけて野菜を作る。時間もかかっている。その良いところだけ奪っていく泥棒に誰もが怒り、迷惑していた。

襖（ふすま）を隔てて、隣の部屋にいる祖父の咳（せき）がコンコンと響いてくる夜、おじいちゃんは大丈夫かなと気になる。畑は大丈夫かなと気になる。もうすぐ芋ができる。夜中に掘り返されていないか、心配でなかなか眠れなかった。

次の日、学校が終わったあと、家に帰ってきた宝井は納屋の中にあった錆（さ）びたトラバサミをかき集めて芋畑に行った。トラバサミは、踏むとギザギザになった歯が獣の足に食い込む罠だ。猪によく使っていたけれど、トラバサミにかかった獣は痛みで大暴れする。それよりも足くくり罠や檻（おり）のほうがいいと、最近はどの家も使っていなかった。しかけ方は知っている。祖父がやっていたのを何回か見たことがあった。

収穫間近の畑の周囲にトラバサミを五つしかけ、鎖を近くの木に巻いて鍵をかけた。泥棒をする悪い奴は、これで捕まればいい。痛い、苦しい思いをすればいいと思った。

トラバサミをしかけた夜は、それで安心したのかぐっすり眠れた。翌朝、五時半という早い時間に、隣の家のおじさんがうちに飛び込んできた。

「宝井さん、あんた畑にトラバサミをしかけたか！」

宝井はギョッとした。多少咳き込むものの起き上がれるようになっていた祖父が「しばらくアレは使ってないなぁ」と白髪交じりの無精髭をさする。おじさんは「あんたんちの畑の脇で、若い男がトラバサミにかかって大事になってるぞ」と両手を広げた。

大事、と聞いて心臓がバクバクした。ゴクリと唾を飲み込む。

「若いのは泥棒だと思うが、大変だぞ」

「わしは具合が悪くて寝込んでおって、ここ三日は畑に行けとらんのだが……」

「広紀」

後ろに立っていた姉が、宝井の肩に手を置きグッと力を込めて握った。

「あんた昨日、納屋で何かごそごそしてなかった？」

祖父母と姉、隣のおじさんの目が自分に集中する。隠せなかったし、話すしかないと覚悟した。

「……トラバサミ、俺が畑の脇にしかけた」

途端「あんた、おじいちゃんに言わないで勝手に何してるの！」と姉が大声をあげた。

「ぬっ、盗むほうが悪いんじゃないか！」

「泥棒は悪いけど、そいつが死んじゃったらどうすんのよ！」

そこで初めて気づいた。死んだら、自分は殺人者になる。冬の脱衣所で服を脱いだ時みたいに、全身がブルッと震えた。みんなで、病み上がりの祖父まで一緒になって畑まで走った。

畑が見えてくる。少し離れた場所なのに「あああああっ、ああああああっ」と凄まじい悲鳴が聞こえてきて、脚が震えた。

畑の脇では、黒いジャージを着た男の人が「うおおおっ、痛いっ、痛いっ」と地面の上で転がり、叫んでいた。その足許では大人が二人がかりで足首にガッツリ嵌まったトラバサミを外そうとしている。足首は血でまっ赤、下の草もまっ赤、外そうとトラバサミを摑む大人の手袋もまっ赤。そして血の臭い。腹の底からムッと何かこみあげてきた。

「あちこち錆びてて、全然開かんのよ」

同級生の裕太（ゆうた）の父親がボヤく。男が「あああああっ」と唸り、宝井はビクリと背中を震わせた。「あああああっ」「あああああっ」と叫びながら、バタバタと両手を振り回す。

「動くな、余計に血が出る」と怒鳴られても、男は言うことを聞かない。

「痛い〜痛えよぅ！　死ぬ〜死ぬ〜助けてくれえっ」

男が叫び、苦しむ姿に、体がガタガタ震えてくる。「あああっ」「あああっ」という叫び声が耳をつんざき、聞いていられなくなって目を閉じ両耳を塞（ふさ）いだ。

大人たちはトラバサミを外そうとしている。しかけた自分は何もできない。泥棒が苦しい、痛い思いをすればいいと思ったけれど、想像と現実は違った。こんなことになるなんて思わなかった。

サイレンの音が近づいてきて、駐在が乗ったパトカーと車修理屋の正(しょう)さんの車が連なってやってきた。正さんは、道具を使って鉄のトラバサミを切断し始める。その間も、男は血走った目を見開き「痛えっ、痛えようっ」と口の端から泡を吹き、叫んでいた。

トラバサミが外れると同時に、救急車とパトカーがもう一台来た。青ざめ、ぐったりとした男は救急車に担ぎ込まれ、けたたましいサイレンと共に遠ざかっていった。集まっていた大人と野次馬はサッサと帰っていく。後に残ったのは、宝井の家族と第一発見者の隣のおじさん、駐在所の警察官、そしてこれまで見たことのない二人の警察官だった。

隣のおじさんは、二人の警察官に「畑の見回りに来たら、宝井さんちの畑の脇で男がトラバサミにかかっていて……どうも宝井さんの孫がトラバサミをしかけたらしくて……」と説明している。

二人の警察官のうち、鼻の横に黒子(ほくろ)のある警察官が宝井を見た。……懐かないで吠えてばっかりいる犬みたいに、怖い目だった。

「君は、どうしてあんなに危険な罠を畑にしかけたんだ！」

声が怒っている。あの泥棒が死んだらどうしよう。自分は殺人者になる。小学生の殺人者。もう学校にも行けない。少年院に行って、罪を償わないといけなくなるんじゃないだろうか。そんな考えが頭の中をぐるぐる回って、ガタガタ震えるだけ。何も言えなくなっていた。

「いたずらでも、これは度が過ぎてるぞ！」

黒子の警察官の声が、どんどん大きくなっていく。

「孫が申し訳ありません。ほら、お前も謝れ」

祖父が背中にそっと手を回してきた。

「こいつはとても優しい子なんです。罠をしかけたのは……ゴフッ、ゴフッ」

途中で咳き込み、祖父は喋れなくなる。黒子の警察官が自分たち家族を、ハエでも見るような目で眺め、眉をひそめるのがわかった。

「広紀は、泥棒よけでトラバサミをしかけたんだよなぁ」

祖父のかわりに、隣のおじさんが説明してくれる。その目は自分に同情的だった。

「それなら尚更(なおさら)だ。君、小学生？　それとも中学生かな。それぐらいの歳なら、いくら子供でもトラバサミが危険で、獣ならともかく、人には絶対に使っちゃいけないってことぐらいわかるでしょう」

黒子の警察官の厳しい声は変わらない。この人は自分を許すつもりはないんだとはっきりわかった。

「この付近は最近、野菜泥棒がとても多いんです」

それまで黙っていた駐在所の警察官が口を開いた。

「村の人も自警団を作って自己防衛してますが、過疎化で人も少ないし、年寄りが多い。小規模でやっていて、一度やられただけで収入が半減する農家もあります。宝井さんの畑も一回盗まれています。だから孫の広紀君は、泥棒を捕まえようとして罠をしかけたんだと……」

駐在所の警察官の説明を「けどね」と黒子の警察官が遮った。

「わざわざトラバサミを使わなくても、他にどうとでもやり方はあるでしょ。電気柵とか」

「……電気柵、高い」

黙って祖母の隣に立っていた姉が声をあげた。

「うちは電気柵をつけられるだけのお金はないです」

黒子の警察官が目を細め「農家の方にもね、そういう設備投資、自己防衛は最低限、必要なんだよ。泥棒に入られたくなかったら、家には鍵をかける。それと同じことでね」と突き放した。

じゃあ、じゃあ、どうすればよかったんだろう。お金はないと言っているのに。祖父は具合が悪くて、畑の見回りもできないのに。無理をしたら死んでしまうかもしれないのに。両親がいなくなって、自分にはもう祖父母と姉しかいないのに。

「わかりました！」

駐在所の警察官が大きな声を出した。

「今回のことについては、私が責任を持って彼によく注意しておきます。署の方の手を煩わすほどのことでもないですよね」

「けどね、もしあの被害者に万が一のことが……」

黒子の警察官が食い下がる。

「あの男は、泥棒だよ」

隣のおじさんが話に入ってきた。

「宝井さんの畑の芋が掘り返されてて、芋の入った袋の横でぎゃあぎゃあ泣き喚いてたからね。あの男は泥棒だから、逮捕されるんでしょ。怪我してても、悪党は悪党だ。逮捕してくださいよ」

黒子の警察官が一瞬、言葉に詰まった。

「被害者に何かあれば、その時はまたその時でいいでしょう。この子はまだ小学生なので、厳重注意、見守りが妥当だと思います」

駐在さんと二人の警察官はパトカーの傍に戻り、五分ぐらいやりとりをしていた。そして後から来た二人の警察官が、駐在所の警察官よりも先に帰って行った。

二人が乗ったパトカーが見えなくなってから、駐在所の警察官に「広紀くん」と名前を呼ばれ、ビクンと体が震えた。

「トラバサミは危険だから、しかけたのはよくなかった。君も悪い。けどもっと悪いのは、人の物を盗んでいく泥棒だ」

胸の中に溜まっていたものが溢れてブワッと涙が出た。

「さっきの警察官は、この村の事情も、君のことも知らなかったんだ。おじいちゃんとおばあちゃんのお手伝いをよくしてる優しい君が、いたずらであああいう罠をしかける子じゃないんだって、泥棒に怒ってたんだって、わからなかっただけだよ」

自然に「ごめんなさい」と口から出ていた。

「ごめんなさい、ごめんなさい、ごめんなさい……おっ、おじいちゃん、具合が悪くて、寝てて……夜の見回りに行けなくて、それで、それで、また盗まれたら……」

「君はおじいちゃん思いの優しい子だ」

駐在所の警察官の言葉に、心がスッと軽くなる。ごめんなさいと、そしてほんの少し悔しかったのがごちゃ混ぜになって、堪(こら)えきれずに声をあげて「ごめんなさい、ごめんなさい」とワアワア泣いた。気づいたら祖父母も、姉も、隣のおじさんまで男泣きしていた。

トラバサミに挟まった男は、命に別状はなかった。自分はたまたまあの畑の脇を通りかかっただけで、罠で怪我をさせられた、傷害で訴えると息巻いていたらしいが、トラバサミが挟まった時に、盗んだものが傍にあったこと、隣の畑のおじさんが設置していた防犯カメラに盗んでいる姿がしっかり映っていたことがわかり、逆に窃盗で逮捕された。そして祖父は、借金をして全部の畑の周囲に電気柵と監視カメラをつけた。

村の人は誰も自分を叱らなかったし、責めなかった。それどころか子供に危険な罠をしかけさせるほど追い詰めてしまったと、更に見回りが強化された。駐在所の警察官も昼夜を問わず頻繁に見回りをし、宝井が中三の時に異動するまで、野菜泥棒を三人、現行犯逮捕していた。

あの時の泥棒のもがき苦しむ声、顔を今でも覚えている。たとえそれが善人でも悪党でも、人の苦しむ姿はもう二度と、できれば一生見たくない。泥棒は悪い。けれどあんなに苦しませる必要はなかったし、その罰を与えるのは、自分の役目ではなかった。

徳広は「行こうよ〜」と熱心に誘ってくる。徳広と三井も自分と同じで「アイドルの推しが幸せなら幸せ」というタイプなので、ＳＭ系のプレイを自ら進んで見に行くようには思えない。誰かに誘われたんだろうか。

「その緊縛ショーは、和樹さんの趣味ですか？」

和樹も緊縛好きのタイプには見えないが、消去法で聞いてみる。向かいの松崎が「ブフッ」と吹き出すのがわかった。

「趣味じゃなくて、仕事の一環っていうか～」

和樹がふわんと答えてくる。

「ショーを見るのが、捜し物に関係してるんですか？」

そうなんだよ～、と和樹は口をもぐもぐさせながら、ショー見学に行くことになった経緯を教えてくれた。

和樹が所長を務める捜し物屋に、失踪した母親を捜してほしいと子供から依頼がきた。母親はホステスで、勤めていた店やそれ関係の知人に聞き込みをしても行方はわからない。途方に暮れていたところ、母親はホステスの他に「縄で縛られる」アルバイトをしていたとわかり、そっち方面から捜すことになったらしい。

緊縛はニッチな趣味だ。興味本位、冷やかしと警戒されて、ネット上では上手く情報が集められない。しかし横の繋がりは濃いらしいとわかったので、実際にショーに足を運び、そこに来ている客から情報を得ようとしているらしかった。

家族が失踪し警察に届けを出しても、事件性がない限り警察は積極的には動かない。探偵に依頼する家族も、少なからず存在する。なので、捜し物屋の和樹が「人捜し」を依頼されたことも、本人の柄ではない緊縛ショーを情報収集のため見に行くというのも、

「ああ、そうか」とストンと腑に落ちた。

依頼人は小学生で、母子家庭ということだった。自分も小学生の時に両親を一度に亡くしている。あの時の衝撃と寂しさは、成人し、この年になってもまだはっきりとした輪廓をもって胸の中に残っている。自分には姉と祖父母がいたから乗り越えられたが、母子家庭だと二人きりだ。唯一の家族がいなくなり、一人ぼっちになった子供の心情を思うと、人ごとながら胸がチクリと痛む。

子供は松崎の知り合いだった。徳広と三井もその子供と面識があるので、ボランティアで母親捜しに参加することになったらしい。その構図を知ってしまうと、その可哀想な子のために何か少しでも協力できたらという思いに駆られた。しかも自分は聞き込みにおいては一応、本職。痛い人を見るのが嫌だというトラウマなど、目的の前では些細なことだ。

「そういうことなら、俺もショー見物に参加させてください」

和樹は口の端にピザソースをつけたまま「プロ参加とか超ラッキー」とニヤッと笑った。

失踪した母親の特徴を聞くと、和樹が「写真あるよ」とスマホを差し出してきた。

……何かの間違いではないかと思わず二度見し「この方ですか？」と確認してしまった。

そこに映っていたのは、宝井が想像していた、生活に疲れ果てた陰のある若い女性ではなく、金髪碧眼(へきがん)で華やかな笑顔の外国人美女だった。

電車でショー会場の最寄り駅まで行き、裏通りに入り五分ほど歩くと、会場になるビルらしきものが見えてきた。和樹にもらったチケットに印刷されているビル名と同じなので、ここで間違いない。十階建てで一階は居酒屋、二階以上はバーやスナックらしき雰囲気の看板が出ている。

ビルの前には、ショー名である「ROPE NIGHT」と書いたボードを手に持った、Tシャツにジーンズ姿の若い男が立っている。ボードを見ていたことに気づいたのか、若い男は足早に近づいてきて「ショーを見に来られた方ですか？」と愛想良くニコッと微笑んだ。

「うん、そう」

和樹が答える。男は「中にあるエレベーターで五階にあがってください。zoroという店が会場になります。あと十分ほどではじまりますのでお急ぎください」とビルを指し示した。男四人でゾロゾロとビルの中に入っていこうとすると「ショーを見に来られた方ですか？」と先ほどの男の声が聞こえ、反射的に宝井は振り返った。ショートカットで黒ずくめの服の女性が大きく頷いている。こういうショーの客は男ばかりだと思っていたが、女性客もいるらしい。

五階まであがり奥に行くと、黒に「bar zoro」と白抜きしたシンプルな看板があった。エロティックなショーは初体験で、情報収集という目的があるにせよ少し緊張する。徳広もいつもより口数が少なく、表情も強張っている。対照的に松崎はショーなんかどうでもいいとばかりにスマホに夢中で、和樹は「こんちは～」とまるで友達の家に来たかのような軽さでドアを開け、スイッと中に入っていった。

会場になるzoroの店内は、四十畳ほどの長方形で、店の一番奥に、周囲より約三十センチ高くなった四畳くらいのステージが作られていた。ステージの前には、一列六席で八列、だいたい五十席分の折りたたみ椅子が並べられている。テーブルは撤去されたのか見当たらない。入って左手に五人ほど座れるカウンター席があり、ショーの休憩時間に限って飲み物が購入できると書かれた紙が貼ってあった。

入り口でチケットをもぎられる際、自由席なのでどこに座ってもいいですよと説明を受ける。ショーの開始十分前で、客の入りは現時点では八割というところ。前のほうから順に詰まっているのは、少しでも近くで見たいという心理からだろう。

みんなバラバラに分かれて席に着く。より多くの客に話を聞くためだ。前のほうの空席から順に松崎、徳広、和樹とぽろぽろと収まっていくが、宝井は最後尾の列を選んだ。緊縛ということは、縛られる側は多少なりとも苦しい思いをするはずで、たとえそれが快感だったとしても、近くで見たくなかった。

最後尾の列、右から二つ目の席に、ポロシャツの男が座っている。その隣にある空席に座るため七列目と最後尾の列の間にあるスペースに入った……が、ポロシャツの男の手前の席二つにはスマホとチラシが置かれ「ここキープ」と言わんばかりに自己主張していた。

「そこの席、どなたか来られますか?」

ポロシャツの男が「はい、後から来ます」と答えてくる。すでに席を取られているなら仕方ない。いったん列から出て空席を探したが、見ている傍から埋まっていく上に「皆様、お早めにお席にお着きください」とまるで自分のことを言っているようなアナウンスが流れる。スマホとチラシのキープ席には、いつの間にか若い男が二人腰掛け、話をしている。もう席がないので、宝井はキープ席の二人連れの男の隣に腰掛けた。

情報収集をしたいが、若い男二人は話が盛り上がっていて、自分が声をかける隙がない。

反対隣はまだ空いているが、端の席。片方しか人と接していないので、移動しても同じこと。前のほうの席では、和樹や徳広、松崎が隣の客と話をしているのが見える。自分は現職警察官なのに、情報収集というミッションで大幅に遅れを取ってしまった。

「この席、いい?」

トーンの低い掠(かす)れ声に振り返る。ショートカットの女性が自分を見下ろしていた。ビルに入る前に見た、あの女性だ。

「あ、はい。どうぞ」

女性は端の席に腰掛ける。さっきは遠目でわからなかったが、女性は左の眉尻、鼻の間、唇、両耳にピアスをしていて、見ているだけで痛そうで背筋がゾワゾワする。黒い上着に黒いスカート、烏（からす）かというぐらい黒ずくめの服装。歳は自分より少し下、二十代半ばだろうか。

一人のようだし、話をしている男二人組よりは声をかけやすそうだが……ピアスだらけの痛そうな顔を見たくない。ピアスをするのは個人の好みでファッションだとわかっていても、脳が拒否反応を示す。それでも、これは可哀想な子供のためだと言い聞かせ「あの」と声をかけた。ピアスの女性がこちらを向く。

「少しいいですか？」

ピアスの顔が、近い。たまにピアスをした若者を補導することはあるが、これほどたくさんつけている人を、ここまで近距離で見たことはない。正直な話をすると、アネモネ7のメンバーでピアスをしている子の耳にも、少しゾワッとするのだ。この距離で、これはキツい。それでも、自分のトラウマを強引に押さえ込んだ。

「こういうショーに来るのは、初めてですか？」

女性は「別に」と首を横に振る。機嫌が悪そうな声だ。

「俺は初めてなので、とても緊張しています」

初心者だとアピールする。このジャンルに詳しければ、相手にいろいろと教えたがるのではないかと期待するも、女性は「ふーん」と興味なさげ。しかしこれだけのピアス、体に痛みを伴うファッションを好んでいるという点からして、緊縛も好き、かつ情報を持っている可能性も高いと予測し、もう一歩踏み込んだ。

「緊縛、好きなんですか？」

女性は沈黙したまま。そしてじっとこちらを見つめてくる。仕事柄、宝井は人の表情を探ることが多い。万引きをしているのに、していないと嘘をつく顔。車をぶつけたのに、ぶつけていないとしらばっくれる顔。制服を着ている時は、目を逸らされることはあっても、じっと見られることは殆どない。そのせいなのか、女性の探るように自分を見る目が、どうにも決まり悪くて落ち着かない。ピアスの唇が大きく動いた。

「それってさ、あんたに何か関係あるの？」

宝井はゴクリと唾を飲み込んだ。

「すんごくウザいんだけど」

言葉通り、不快感を隠しもしない態度。反射的に「申し訳ありません」と謝っていた。

「もしかして、私のことナンパしてる？」

宝井の時間が止まった。全くもって馴染みのないワードで、脇にじわりと汗をかく。

自分のこの行為はナンパと誤解されるようなものなんだろうか。ナンパをしたことがないので、わからない。

「あっ、いえ……そういうわけでは……」

「もういいや。静かにして、話しかけないで」

お伺いの段階で、言葉のパンチで右から左からガンガンと殴られる。宝井は「す……すみません」と小声で謝るのが精一杯だった。隣の二人組の男も、こちらの会話が聞こえたのか急に話を止めてしまった。

話しかけるなと言われた以上、もう何も聞けない。ピアスの女性も隣のナンパ男の存在など不愉快だろうし、自分も決まりが悪い。席を移動しようにも、もう空席はない。動けない。

隣に座る、二人組の男の片割れと目が合う。なぜかスッと逸らされてしまった。自分は「緊縛ショーでナンパする面倒な男」と周囲から認定されてしまった気がする。誤解だと全方向に言い訳したいが、そのチャンスはない。この空気で、周りの客からの情報収集は無理。次の休憩時間にかけるしかない。

ピアスの女性は、叩きのめした男など無視してスマホを見ている。正直、ショーに興味はないが、早くはじまってそちらに集中させてほしい。いっそ席を立ってしまおうか。トイレにでも行く振りをして……と考えているうちに、周囲がフッと暗くなり、中央のステージにポッとスポットライトがあたった。

　そして流れ出す独特のリズムの音楽、よりにもよってボレロだ。その瞬間、過去の記憶がフラッシュバックした。青い蝶ネクタイに燕尾服。渦を巻いた付け髭を撫でる父親と、緑色のキラキラ光る膝丈のドレスを着た母親……。

　心臓がバクバクし、額にドッと汗をかいた。着物を着た髭面の胡散臭い男がステージに出てきて「本日はお越しいただきまして」と挨拶をはじめる。ほら、違う。これは違うとわかっているのに動悸はおさまらない。苦い記憶がランダムに出てきて、こめかみがズキリと痛くなってくる。

　前屈みになり、目を閉じ両耳を押さえた。ボレロを聞くと、いつもこうなるわけじゃない。ステージというのが多分、悪かった。浅い息を繰り返す。ショーが終わるまで、延々とボレロを流し続けられたらどうしよう。いや、オープニングだけなら、きっとこの数分をやり過ごせば大丈夫だ。現実の音と記憶を消し去るためにアネモネ7の「あの娘とバレッタ」を口ずさみ、推しのゆかりんを脳内に召還した。笑顔で歌い、踊るゆかりん……。

　肩に、何か触れる感触がある。顔を傾けると、ピアスの女性が自分を見下ろしていた。

「気分悪いんじゃない？」

　返事ができない。

「スタッフ、呼ぼうか？」

「あ、いえ……大丈夫です。この曲が苦手なだけなので、多分、すぐによくなります」

「苦手って、ボレロが？」

話をしているうちに、曲が変わった。息苦しさが嘘のようにスッと消える。体を起こし、宝井は胸に手をあてホッと息をついた。女性と目が合ったので「お気遣いありがとうございます。もう大丈夫なので」と声をかけた。女性は「ふーん」と鼻を鳴らして、前を向く。言葉で打ちのめした不快なナンパ野郎でも、具合が悪そうなら気遣ってくれる……言葉だけ聞いていると寄るな触るなで棘だらけのハリネズミだが、意外に情のあるタイプなのかもしれない。

司会の髭男が「では、登場していただきます。縛師の縄田獣締先生です」とステージの袖を指し示す。そこから忍者のような黒い服を身につけた中年男が現れた。途端、周囲から割れんばかりの拍手が沸き起こる。ピアスの女性と男二人組、みんな拍手をしているので、周囲に倣って宝井も手を叩いてみた。

縄田という忍者男は、これまで数々のSM映画で縛りの監修をし、緊縛イベントや縛り教室を定期的に開催。縛り文化の啓蒙にいそしむ日本屈指の縛師だと髭の司会者に紹介されていた。

それが終わると、ブラウス越しでもわかる爆乳、下は膝丈のスカートを穿いた女性が出てきた。二十代後半ぐらいだろうか。女性が歩く度に、小玉メロン級の胸がゆさゆさと揺れる。

わかりやすい色っぽさに、宝井の下半身も少しザワついた。司会の男がステージの右手に下がる。縄田は手にしている縄を、まるで愛撫でもするかのようなねっとりとした手つきで撫で回したあと、女性の手首に縄をかけはじめた。

女性が縛られてゆくのと同時に、風船から空気が抜けるが如くしゅるしゅると興奮が失せていく。自分は緊縛というものと余程相性が悪いらしいと、身を以て実感させられる。

手首を縛り終えたところで、大きな拍手が起こる。次に縄田は縛った女性の両手を持ち上げ、頭の上で曲げて後ろに向け、縄の端を女性の腰に回した。手首という末端からはじまり、こうやって徐々に全体が縛られていく訳だなと納得するも、その光景には一ミリたりともそそられない。

自分は相手を縛るなんて絶対に嫌だ。自由を奪い、辱めることに興奮などしたくない。こういうショーを好むのは、どういう人たちで、どういう心理なんだろう。どの方向から分析しても、そこにあるのは支配欲だ。こういうショーだと、女性も縛られることに興奮し、ｗｉｎ‐ｗｉｎの関係なのかもしれないが、自分はやっぱりダメだ。普通がいい。

……パチパチという拍手で我に返る。ステージでは、いつの間にか女性が股の間まで縛られて立っている。司会が再びステージにあがり、女性の縛りを「素晴らしい造形です」と興奮気味に解説する。どうやらこれが完成形らしい。縄田と女性は退場し、十五分間の休憩が告げられた。

宝井は早々に席を立った。和樹と徳広は座っている席の近くの人と話をしていて、松崎は迷い犬のように会場内をウロウロしている。

宝井は店の出入り口付近まで行き、話のできそうな客を物色した。自分の右側に、室内全体を俯瞰で見ているグレーのTシャツを着た四十ぐらいの男がいたので「こんにちは」と声をかけた。相手も愛想良く「どうも」と返してくる。人懐っこそうだったので、あれこれと話を振ってみる。すると男は客ではなく、この店のオーナーだった。催し物が好きで、店が休みの日はジャンルを問わず、こういうショー的なものに場所を提供していて、緊縛ショーは今回で五回目。毎回盛況らしかった。

「ああ、芽衣子ちゃんが来てるなぁ」

ぽつりとつぶやいたオーナーの視線の先に、ピアスの女性が立っている。周囲は男ばかりなので、彼女のことで間違いないだろう。壁際で一人、ドリンクを飲んでいる。

「あのピアスの女性、知り合いですか？」

オーナーが記憶するほどの常連客かと気になり、聞いてみる。

「芽衣子ちゃんは縛りのモデルをしてたんだよ。けっこう人気だったのに、去年だったか『モデルは卒業する』って宣言して止めちゃったんだ。まぁ、いろいろあったから、無理もないと思うけど。見に来てるってことは、やっぱり好きなんだろうな」

元緊縛モデルと聞き、自分の中でパチリとスイッチが入った。もっと話を聞きたかったのに、オーナーはスタッフらしき人に呼ばれてカウンターの奥に引っ込んでしまった。話が終わるのを待っている間に「ポリさ〜ん」と和樹が駆け寄ってくる。

「お疲れ様です」

声をかけると「別に疲れてないし」とニッと笑う。そしてグッと声を潜めた。

「縛りってさ、何か怖くね。綺麗なお姉さんがボンレスハムみたいになっちゃうし」

色気のかけらもない表現に苦笑いしてしまう。

「俺は両隣の人と話ができなくて、情報を集められませんでした。すみません」

和樹は「俺も〜」と息を吐く。

「縛ったりとか好きじゃないからさ〜そういうのって相手にも伝わるのかな。話が弾まないんだよ」

「こういう趣味は個人差が大きそうですね」

「エロいことするならさ、じめじめしてるのよりも開放的にバーンってほうがよくない？　沖縄の海とかさ〜」

和樹が両手を大きく広げる。……それは野外プレイにカテゴライズされ、やや特殊なのでは？　と胸を過るも、つっこまないでおく。話をしているうちに、ショーの再開を知らせるアナウンスが流れた。和樹と別れ、もとの席に戻る。ピアスの女性に話を聞きたいが、自分は「ウザい」上に「ナンパ男」で「話しかけないで」と釘を刺されている。声をかけづらい。しかし話を聞きたい……悶々としているうちに、ハッと気づいた。別に自分が聞かなくてもいいんじゃないだろうか。和樹でも誰でも、自分以外の三人に事情を伝え、ピアスの女性に話を聞いてもらえばいい。

次のステージも、冒頭にボレロが来るかもしれないと身構えていたが、着席のアナウンスがあったのになかなかショーがはじまらない。すると会場が明るいまま、司会の髭男がステージに上がってきた。

「皆様におわびしなくてはいけないことがあります」

司会者はそう前置きした。説明によると、交通事情でショーのモデルの到着が二十〜三十分遅れるらしい。

「モデルが来るまでの間、縄田先生が特別に、ご来場のお客様に縄をかけてくださるそうです」

途端、会場内がざわめきはじめた。

「縄田先生に縄をかけていただきたいというお客様、性別は問いませんよ。いらっしゃったら挙手をお願いします」

会場内から、次々と希望の手が挙がる。和樹、徳広、松崎の三人も手を挙げていてギョッとしたが、すぐさまその行動原理を理解した。こうやってモデルになることで緊縛好きをアピールし、他人に話しかけたり、話しかけられたりするきっかけを作ろうとしているのだ。ならば自分も、と右手を胸のあたりまで挙げたが、やっぱり無理。縛られている間に、事故や火事など何か不測の事態があったらと考えてしまう。

「そこのあなた」

前方から声がきこえた。

「そう、白いシャツのあなたです。どうぞステージに上がってきてください」

司会者が前方の客を指さすので、どうやら決まったらしい。誰だろうとステージに視線を向け、息を呑んだ。客席から立ち上がり、ステージに向かっているのは徳広だ。

「モデルは細い方が多いです。しかし縄田先生はご自身の著書の中で、体格のよい方の緊縛の美についても語っておられますので、敢えてがっしりとした方を選ばせてもらいました。短い時間になりますが、余興として縄田先生の新たな世界をお客様にご覧いただけたらと思います」

徳広はステージの上、しきりに左右を見渡し落ち着きがない。手は挙げたものの「本当に選ばれちゃったよ、どうしよう」という顔に見える。マイクを向けられた徳広が、縄を手にニコニコしている縛師に向かって「あの、初めてなので優しくしてください」と乙女のようなお願いをしているのが聞こえた。

縛師は、そんな徳広にパンツ一枚になるよう要求した。ぷっくりと腹の出た、湯上がりのお父さん状態になった徳広を後ろ向きにしてサクサクと縄をかけていく。「肉付きのよい人物の緊縛の美」と司会者は話をしていたが、このビジュアルのどこに美を見出せばいいのかわからない。本気でわからない。自分の目に映るのは、和樹曰く「人間ボンレスハム」だ。美よりも、食料としての生々しい肉の質感という印象が強い。ふと祖父がよくさばいていた野生の猪を思い出した。

祖父母の畑は山の麓にあり、猪がやってきてはたびたび芋を食い荒らしていた。昔は宝井のトラウマになったトラバサミも使っていたが、使用を規制された上に、痛みを伴う罠にかかった獣は凶暴になって扱いが難しくなるので、檻や足くくり罠といった仕掛けに変わっていった。

祖父は猟銃の免許を持っていた。罠にかかった猪を一発で撃ち殺し、その場で心臓を刃物で刺して血抜きをしていた。最初にそれを目にした時は衝撃だった。動物の死に両親の死に様が重なり、ショックで倒れそうになった。

「猪、かっ、かわいそうだよ」

訴える孫に、祖父は「そうだな。けどこいつがいたら、わしらも畑を荒らされて生きていけん。これは食うていくための殺生だ。殺すのは惨いことかもしれんが、どこも残さんように食うて、感謝することが一番の供養になるとわしは思うとる」と淡々と語った。罠にかかった害獣の猪は、鍋にするととても美味しかった。これまでもそれを食べてきたし、その日も食べた。それまで何とも思っていなかったのに、その日は猪に「ごめんなさい」と謝って「ありがとう」と心の中でお礼を言った。

それから罠にかかった猪を絞める時は、宝井も手伝った。害獣である猪を捕獲し、できるだけ苦しめずに殺し、さばいて残さず食べる。溢れる血の勢い、内臓のムッとする匂いにも少しずつ慣れて、当たり前、日常になった。

それなら生き物全般の死というものを受容できたかといえば、そうではない。食料としての生き物の死は受け入れられても、人の死や死にまつわる記憶は受け入れがたいし、自分の中でまだまだ乗り越えられていない。

「めっちゃエモい……」

隣から、ささやくような声が聞こえた。視線だけでピアスの女性を窺うと、両手を組み合わせ、恍惚とした表情でステージ上の徳広を見ている。

このショーをアートとして捉えているのか、興奮しているのかわからないが、うっとり見られるその感覚。人間の感性の多様性というものを、まざまざと感じさせられる。

「せっ、先生！　ちょっ、ちょっときついですぅ」

ステージ上で、徳広の泣きが入る。

「大丈夫！　君、美しいよ」

縛師は、縄の間からはち切れんばかりの徳広の腹肉を撫でている。しかしその「美しい」という言葉はどこからきているのか、わからない。理解不能のワンダーランドだ。自分的には、まだ「美味しそう」のほうがしっくりくる。

「おいっ！」

背後から聞こえてきた声に、反射的に振り返った。坊主頭の痩せた男が、ピアスの女性を見下ろしている。

坊主頭は、三十代後半ぐらい。着ている青いTシャツの袖から伸びた両腕には、紋様をアレンジしたようなタトゥーが入っている。穿いているジーンズはダメージがあり、だぼっとしてボリュームがある。個人的判断としては、半グレ未満というところだろうか。夜、人通りのない道を歩いていたら間違いなく職務質問をしたくなるが、非番の際はできるだけ関わらないでいようと思うタイプだ。

「お前、こんなトコで何してんだよ」

坊主男の声は低い。ピアスの女性は男を睨みつけたまま、返事をしない。

「今、どこにいんだよ」

「うるさい、あんたには関係ない」

ピアスの女性が怒鳴った。

「俺からの連絡、無視っててんじゃねぇよ」

「あんたの顔なんて見たくないし、声も聞きたくないの。いっそどっかで死んでくんない？」

強烈な言葉のパンチで、坊主男の頬がひくつく。

「どうせお前、男のトコに転がり込んでんだろ。宿代がわりにやらせてやってんのか、このクソビッチが」

どっちもどっちで酷い。ピアスの女性は噛みつく前の犬のように口許をわななと震わせ、一触即発の雰囲気だ。元彼との痴話喧嘩だろうか。どちらかが手を出したら仲裁に入った方がいいが、現段階ではどんな展開になるのかわからない。ピアスの女性が不意にニコリと微笑んで、いきなり宝井の腕を掴んだ。

「この人、新しい彼氏。東大卒でＩＴ企業に勤めている超エリートで年収三千万。六本木のタワマンに住んでるド変態なんだけど、メチャクチャ優しいの。で、来月結婚するから」

盛りすぎ設定に、思わず「はあっ？」と声が出る。すると足をヒールの踵で踏みつけられた。痛みに眉をひそめたところで、顔を近づけてきたピアスの女性に「話、合わせて」とドスの効いた小声で脅された。

「嘘つくな。こんなクッソダサいの、お前のタイプじゃねえだろ」

自分がおしゃれではないという自覚はあるが、坊主男の言い方は酷い。

「嘘じゃないし。それにあんたと違って金持ってるから。金持ちは正義なの。だからいいの！」

二人の言い争いが激しくなり、周囲の視線が集まってくる。坊主男のように迷惑な客はスタッフが注意するべきだ。がしかし、ホールにそれらしき人物が一人もいない。最初のショーの時には、壁際に立っているスタッフらしき黒Tシャツの男がいた。モデルが遅刻しているとアナウンスしていたので、そちらの対応に追われているんだろうか。

これは自分が対処するしかないなと覚悟し、宝井は立ち上がった。ピアスの女性の手を摑む。喧嘩の仲裁にはいくつか方法がある。一番簡単なのは、吠え合う二匹を引き離すことだ。

「周りに迷惑なので、もう帰りましょう」

やや強引に、犬の手綱を引く感覚でピアスの女性を立たせる。そうして店の出口に向かうと、女性も抗わずについてきた。外へ出て行こうとしたところで「待てよっ」と男が追い掛けてくる。

肩を摑まれ、その力の強さに暴力の気配を感じた。案の定、相手が殴りかかってくる。ただパンチのスピードが遅かったので、左によけられた。対象物を失い、空ぶった男の体が拳ごと前のめりになる。

「くっそ！」

男の表情が一段と険しくなる。殴り合いはしたくない。困った。けれど避け続けるのにも限界がある。これ以上の騒ぎは起こしたくないが、自分で押さえ込むしかないのか……と諦めたその瞬間、ドッと拍手が沸き起こった。ステージの上では、徳広がパンツ一枚で見事なまでの亀甲縛りになり、燦々とスポットライトを浴びていた。

「あっ、あれ」

宝井が指さすと、坊主男が釣られてフッとステージへ振り返った。その瞬間、宝井は坊主頭の腰に手をあて、ジーンズを足首まで一気に引き下ろした。肌色の生尻がぷりんと出てくる。ゴムがゆるかったのか、パンツまでずり下ろしてしまった。「公然わいせつ」という言葉が浮かんだが、これは故意ではない。不幸な事故だ。

「うっ、うわあああっ」

下着ごとずり下ろされたと気づいた坊主男が、慌ててしゃがみ込む。丸まった背中を軽く押すと、だるまのようにコロンと前向きに転がった。その足首からジーンズを抜き去り、丸めてカウンターの奥へと投げ込んだ。

呆気にとられているピアスの女性の手を摑み、店を飛び出す。日頃の癖で、エレベーターの右手に階段があるのはチェックしていたので、そこを勢いよく駆け下り、ビルを出た。

　裏通りを抜けると、ちょうど空車のタクシーが来た。後部座席に並んで乗り込み、ひとまず「捜し物屋まやま」のビルの住所を伝え、背後を確認する。あの坊主男はついてきていない。タクシーはゆっくりと動き出し、ホッと胸をなで下ろした。

「もう家に帰ったほうがいいと思います。ご自宅まで送りますが、どちらの方角ですか？」

　ピアスの女性は軽く息を切らし、大きな目をパチパチさせていたかと思うと「ははっ」と吹き出した。

「やだ、マジうける、最高」

　体を二つ折りにし、肩を震わせながらバンバンと宝井の肩や膝を叩いてくる。痛い。

「あいつ、パンツまで脱げてたんだけど。やだ、思い出したら笑いが止まんない」

　笑っていてもいいから、早く自宅の最寄り駅を教えてほしい。

「あの、自宅はどちらですか？」

　女性は「家なんてないよ」とけろっとした顔で答える。

「ずっと友達のとこに泊まらせてもらってたから」

「じゃあ、その友達の家に……」

「その子、三日前に田舎に帰っちゃったんだよね。それからカプセルホテルに泊まってたけど、お金もなくなってきたから、バイトでもするかって考えてて～」

女性がパチンと指を鳴らした。

「あんた独身？　その顔、独身だよね」

なぜ断定するのだろう。自分の顔が、どのように独身臭をかもしだしているのか、教えてほしい。

「今日、家に泊めてよ」

軽く衝撃を受けた。いくらお金がないとはいえ、危機感がなさすぎる。

「俺は独身ですが、寮住まいなので人を泊めることはできません。それ以前に若い女性が、素姓も知らない男の家にいきなり泊まるというのは、控えるべきだと思います」

「ふうん」と鼻を鳴らし、女性は「あんた何の仕事をしている人？」と聞いてきた。距離が近い。顔に突き刺さっている金属片、ピアスが間近に見えてどうにも怖く、ゆっくりと視線を逸らした。

「……警察官ですが」

「なーんだ、それなら安心じゃん。運転手さーん、この人警察官なんだって」

初老の運転手は、そんなこと教えられてもなあといった困惑の表情で「そうですか」と相槌を打っている。

「カプセルホテルに泊まっているなら、そちらまで送って……」

「私の話、聞いてた？　お金ないって言ったじゃん」

お金がないのは、彼女の責任だ。勝手に偽の彼氏にされて騒ぎに巻き込まれ、仕方なく喧嘩の仲裁に入っただけの自分に、どうしろというのだろう。

女性は再び、じっと宝井を見つめてくる。見られていることに気づかない振りをしていたが、耐えきれなくなり「あの、なんでしょうか」と聞いてしまった。

「警察官になりたいって考えたこともないから、こういう人がなるんだな～って思いながら見てた。ねえねえ、どうして警察官やろうって思ったの？」

興味津々といった顔で聞いてくる。

「子供の頃にお世話になった駐在さんがとてもいい人だったので、そういう人になりたいと思っただけです」

……親代わりに自分を育ててくれた祖父母が好きで、畑仕事も好きで、高校卒業後は祖父母の畑を引き継ぎ農家になる、それが当たり前だとずっと思っていた。

けれど自分と同じで祖父母のことが大好きだった姉が、農業大学の卒業と同時に同級生と結婚し、その人が三男だったのをいいことに婿養子にしてしまった。姉は宝井と違い英語力をキープしていたので、それを生かし、プレミアをつけて海外への販路も考えていた。バイタリティ溢れる姉に「あんたは好きなことしていいよ」と言われたのが高校二年生の春。農家になるのが既定路線だと思っていた人生設計に、思いもよらず別の選択肢ができた。とはいえ、他に何かやってみたいことがあるわけでもなかった。そんなある日、祖父母が将来的に土地を姉と自分にどうやって分けようかと話しているのを聞いてしまった。祖父は「長男は広紀だから、広紀にゆずるのが筋だろう」と言っていたが、自分は姉ほど明確な将来のビジョンを持っているわけではなかった。一緒に農業をしていくという道もあるが、相続の段になって、孫二人と入り婿にどう土地を分配すればいいかと下手に祖父母を悩ませるよりも、家を出て別の仕事に就いて、祖父母や姉夫婦が大変な時だけ手伝うという形にすればいいのではと考えるようになった。農業は気候の影響をまともにうけるので、別の仕事をしていれば、不作の年は自分の給料で助けることもできる。

じゃあ、農業以外ならどんな仕事を、と考えた時に頭に浮かんできたのが警察官という職業だった。黒子の警察官は今でも忘れられないほど嫌な記憶として残っているが、駐在所の警察官は優しかった。通学途中に出会うと「おじいさん、元気か？」と優しく声をかけてくれたし、何度も野菜泥棒を捕まえてくれた。地域密着型で村の安全を守れる、あの駐在所の警察官みたいになりたい。人の気持ちのわかる、優しい警察官になりたいと思った。

高校を卒業してから警察学校に進学し、警察官になった。地元ではないが、近くの町の交番に勤務している。自分は、自分の望んだ生き方をしていた。

「ふうん。そういうのいいじゃん」

　女性は宝井の膝をポンポンと叩いた。小馬鹿にされるかと身構えていたが、予想外に共感された。そうこうしているうちに、タクシーは捜し物屋の事務所前まで来てしまった。

　カプセルホテルの場所も教えてもらえないし、帰る気もなさそうだったので、仕方なく捜し物屋の事務所に連れて行く。事務所には白雄がいて、宝井と女性の顔を交互に見て首を傾げた。

　白雄は『他のみんなは？』とスマホに打って見せてきた。

「まだ会場です。俺は事情があって先に帰ってきました」

　白雄は『その人は何？』と続けてスマホを見せてくる。ショー会場でたまたま隣に座った元緊縛モデルで、トラブルに巻き込まれそうになったのを連れてきて……と説明しようとして気づいた。女性の印象が強烈、かつトラブルがあったせいで、母親捜しの貴重な情報源かもしれないということを、すっかり忘れていた。

「ねえねえ、そこのイケメン、どうして喋らないの？」

　女性が宝井の腕を摑んで、クイクイと引っ張る。

「白雄さんは子供の頃から声を出すことができないんです。それはそうと、あなたに聞きたいことがありました。外国人で金髪の緊縛モデルを知りませんか？」

女性が「何よ、突然」と首を傾げる。

「行方不明になった外国人の緊縛モデルを捜しているんです。今日あのショーに行ったのも、お客さんから何か情報が得られないかと思ったからで……」

「ふーん」

女性が目を細めた。

「個人のショーに出てたって聞いたことがある。『金髪の外国人』で私が知ってるのはその一人だけだけど、綺麗って評判だった。詳しく教えてあげるから、そのかわりにあんたん家に泊めてよ」

「それは無理だとさっきも……」

「じゃあ教えな～い」

女性はずかずかと事務所の奥まで行き、ソファにドッと腰掛けた。脚を組み、まるでここは自分の家ですけどと言わんばかりのリラックスした表情でくつろぎはじめる。

「久しぶりに走って、疲れちゃった～」

白雄がスマホを差し出す。そこには『あれ、どうにかして』と入力されていた。家主にしてみれば、見ず知らずの女性を勝手に連れてこられた上に、事務所に居座られたら迷惑だろう。気持ちは猛烈にわかる。

「本当に申し訳ないです」

居たたまれない。こうなったら、自分が金を払ってでもカプセルホテルに……と考えているうちに、住居部分に繋がるドアの間から「うみゃん」と間山兄弟の飼い猫、ミャーが入ってきた。

「あ～っ、猫ちゃんだ、猫ちゃんがいる」

ハスキーな女性の声のトーンが一段上がった。

「こっちおいで～」

女性が手招きすると、ミャーはトコトコと駆け寄っていった。ソファに飛び乗り、女性の腹に頭をこすりつけていく。

「なにこの子、猛烈にかわいいんだけど」

女性がミャーを抱っこして頬ずりする。白雄が再びスマホを差し出してきた。そこには『アレ、うざい』と打たれている。

白雄がパンパンと、スリッパの爪先で床を叩く。苛々してますよと視覚的に訴えてくる。早くカプセルホテルに押し込めたいが、彼女は外国人モデルの情報を握っている。和樹に伝えてどうするか判断してもらったほうがいいだろう。

早く何とかしろという白雄の圧に耐えきれず、宝井は和樹に『すみません、助けてください』とラインを入れた。

ラインから二十分後、和樹が帰ってきた。残りの二人は最後までショーを見てくるらしい。宝井がザッと事情を説明する。その後で、白雄が和樹に話しかけていた。けれど口話なので、白雄の唇を読めない自分は、何の話をしているのかわからない。事務所まで勝手に女性を連れてきた自分に白雄が怒っている気がして、胃の底がちょっとキリキリする。

和樹はソファに近づき「間山和樹でーす。お姉さんさ、名前は？」と聞いた。女性が胡散臭そうな目で和樹を見るので、宝井は「彼はこの捜し物屋の所長なんです。彼が依頼を受けて、外国人モデルを捜しているんですよ」と説明した。

「この人が所長？　まだ大学生みたいじゃん」

遠慮のない言葉に、和樹は「前は高校生みたいってよく言われたけど、最近は大学生みたいにバージョンアップした」とヘロッと笑った。女性もフッと笑う。

「名前、教えてよ」

女性は「芽衣子」と答える。

「芽衣子ちゃん、外国人の緊縛モデルのこと知ってんだよね。教えてくんない？」

和樹の口調は軽い。

「別にいいけど、そのかわりここに泊めてくんない？　あそこにいる門柱（もんちゅう）みたいに地味な警察官がケチで泊めてくんないの」

門柱という表現に、言葉を失う。地味という自覚はあるが、門柱をつけてまで更に地味を強調したいのかと切なくなってくる。

「ポリさんちは無理でしょ、寮だもん。住むとこ困ってるんだよね。寝るだけでいいなら さ、ここの三階とかどう？」

和樹の申し出に、宝井は驚いて振り返った。

「うちの弟が三階でマッサージ店開業すんだけど、二ヶ月ぐらい先だからそれまで寝泊まりしていいよ。トイレと洗面、シャワーはあるし、鍵もかかるよ。そのかわり日中は内装工事の人が入るし、うるさいけどね」

「えっ、マジで？　マジでいいの？　ラッキー！」

歓喜の声に驚いたのか、ミャーが芽衣子の膝から飛び降りる。そんな軽いノリで泊めていいのか？　と疑問符が浮かぶ。彼女は犬猫ではないのだ。しかし同じ部屋に泊まるわけではなく階が違っているし、鍵がかかるなら防犯上はオッケーだろう。しかし、だがしかし、物事の進行が早すぎる。

「芽衣子ちゃんの条件はのんだんだからさ、外国人モデルのことを教えてよ」

住居が決定したこともあるのか、芽衣子は「いいよ」ともったいぶらずに喋りだした。

「私、去年まで緊縛モデルやってたんだけど、個人が主催している『縛』っていう緊縛ショーで外国人モデルを使ってるって知り合いに聞いたことあるんだ。金髪で青い目の美人で、縛師は五十過ぎのおじさん。いつもその二人でやってたって。そっちのショーを毎回見に行ってた知り合いが、縛師とモデルはできてたんじゃないかって話してたな。縛られるっていうのは、相手との信頼関係がないと無理だし、実際に恋人同士の組み合わせも多いから、まあアリかなって感じ」

緊縛モデルをやっていたというだけあり、芽衣子の口にする信頼関係というワードには説得力がある。

「『縛』のショーは月に一度、定期的にやってたみたい。けど今年二月を境になくなったって、知り合いが残念がってた。二月も京都の旅館でショーをする予定だったのに、開始の二時間前になって中止の通達があって、何かヤバいことがあったんじゃないかって言ってたから、気になって覚えてたんだよね」

「ヤバいことって？」

和樹が突っ込んでいく。

「『縛』のショーのお客さんの中には政治家や芸能人がけっこういたんだって。有名人が緊縛ショーを見に行ってるのを記者に嗅ぎつけられて、それでショーごとなくなったんじゃないかって知り合いは言ってた。ショーに来た客には守秘義務があったらしいけど、お金積まれると喋っちゃう奴はいるから」

芽衣子の持っていた情報を頭の中で整理する。注目すべき点は、外国人女性が縛師と恋人同士だったかもしれないこと、ショーの客の中に有名人がいたこと、ショーが二月を境に開かれなくなったことだろう。

芽衣子の知り合いが推理したように、有名人がマスコミに嗜好を嗅ぎつけられての中止だとしても、それが緊縛モデルが失踪する理由にはならない。恥をかくのは有名人で、モデルは関係ないからだ。それなのになぜいなくなったのか。

この外国人モデルが依頼人である子供の母親なら、恋人ではないかと言われる縛師がキーマンになる確率が高い。その男と依頼人の母親の間に、何かトラブルがあったとか……金銭問題、男女間の色恋沙汰など可能性はあるが、自分の想像力には限界がある。これは離婚案件を山のように扱っている弁護士、徳広の得意分野だ。

「そのモデルか縛師の名前ってさ、わかんない？」

和樹の問いかけに、芽衣子は「縛師ならわかるけど〜」と首を傾げる。

「鈴村章じゃなかった？」

「『蛇結』って名乗ってたみたいだけど、本名は知らないんだよね。ショーに行ってた知り合いと連絡取れるから、もっと詳しい話、聞いてみようか？」

その申し出に、和樹は「お願いしまーす」と両手を合わせる。芽衣子の目がキラッと光った。

「そのかわりさぁ、一日一回でいいからご飯出してくんない。今、ほんとお金ないの」

和樹が白雄に近づき、口話を交えて何かやりとりをする。そして戻ってきた。

「知り合いに話を聞いてくれたらさ、情報提供料として一週間、朝昼晩、ご飯つけるよ。どう？」

芽衣子の顔がパッと明るくなった。

「えっ、本当にいいの？　ここってマジ天国じゃない？」

いくら情報が欲しいとはいえ、寝床に加えて食事も提供とは、和樹は太っ腹過ぎる。今日持ち込んだ野菜がなくなる頃、実家から捜し物屋二人に米と野菜を送ろうと心に決めた。

芽衣子が電話をしている間に、和樹は余っている布団を三階に運び込むというので、宝井は手伝いを申し出た。「俺一人で運べるよ」と和樹は遠慮したが「是非、やらせてください」と敷き布団を奪い取った。

三階の「まやまマッサージ店」は内装工事の途中で、手前の受付、隣の施行室は壁の石膏ボードが剝き出しのままだ。しかし奥の四畳間は完成していて、床は濃い木目のフローリング、壁は珪藻土、天井にはすでに蛍光灯がついていて、エアコンも取り付けてあった。

「俺が彼女を連れてきてしまったせいで、和樹さんに迷惑をかけることになってすみません」

　最初は自分の部屋に泊めろ、泊めろと言っていた。それを和樹が引き受けることになってしまったことが申し訳なくて謝りたかったが、芽衣子の前では言えなかった。

「えっ、別にポリさんのせいじゃないし、めちゃくちゃいい情報くれてるし、俺的にはラッキーなんだけど」

　和樹はあっけらかんとしている。この明るさに救われる。

「ちょうどここ、空いてたし。あと……」

　和樹がフッと言葉を切る。

「彼女、ヤバい気がするって白雄が言ってたから」

「ヤバいとは？」

「いろんな男に、恨みを買ってるんじゃないかって。さっきも店でなんかもめてたけど、芽衣子ちゃんが原因でしょ？　ほとぼりがさめるまで、知り合いのいないトコに隠れてたほうがいいって」

　白雄と芽衣子は初対面のはずだ。

「どうしてそんなことを白雄さんが知ってるんですか？」

　和樹は「えっと……」と困った顔になる。

「俺と白雄、占いで捜し物とかしてるじゃん。その関係でたまにわかったりするっていうか」

「ああ、もしかして霊感の類ですか？」

和樹は「まあ、そんな感じ」と苦笑いした。

「ポリさん、オカルトとか大丈夫な人？」

「摩訶不思議な話はよく聞きますから。地元でも、白い服の女性が見えるといわれているる心霊スポットがあるんです。幸い俺は見たことがないんですが、同僚でも見える人には見えるようで」

「ふうん」と和樹は浅く頷く。

「芽衣子さんは、そんなに恨まれているんですか？」

和樹は後頭部を掻いた。

「俺はよくわかんないけど、白雄は芽衣子ちゃんの後ろに包丁持ったタトゥーの男がいるって言ってたんだよね。それが生き霊っぽいらしくてさ」

……タトゥーの、男。宝井は背筋がゾワッと冷たくなった。

捜し物屋の事務所に戻ると、芽衣子が「和樹～」とソファに腰掛けたまま右手を挙げた。

「知り合いに聞いてみたけど、あんまいい情報なかった。二月にドタキャンになったショーの会場は、けっこういい旅館だったってことぐらいかな」

「そこの名前、わかる？」

「天保(てんぽう)旅館ってとこ」

「京都の天保旅館ね」

和樹がスマホに入力し、検索する。

「うわ、すっげえ古そうな旅館。雰囲気あるな～」

宝井がスマホを覗き込むと、そこには灰色の瓦屋根でザ・日本家屋という雰囲気の旅館の写真が掲載されていた。普通の家屋一棟レベルの大きさの、多目的利用のできる蔵もあるらしい。

和樹のスマホに着信が入る。徳広からで、ショーは終わったが、大して情報収集もできなかったので報告事項もなく、松崎と徳広はそのまま現地解散するとのことだった。気付けば、もう夜の十一時を回っている。

そろそろ宿舎に帰らないといけないが、和樹の話が気になって仕方がない。いろいろな男に恨みを買っているという芽衣子。そして包丁を持っているタトゥーをした男の生き霊。それは自分がジーンズをずり下ろした、あの男じゃないのか？

初対面の和樹が寝床を提供したことで、芽衣子は意図せずして安全な場所に隠れることができた。しかし本人に気をつけるという自覚がないと、殺したいと思うほど恨んでいる男にうっかり接触してしまう可能性がある。

自分は白雄が「見た」という話を聞いただけ。霊を頭ごなしに否定するつもりはないが、見えるわけではないので、本当にそうだと自信をもって忠告はできない。もし芽衣子が何か危険なことに遭遇し怪我をしてニュースになったとしても、知り合っていなければ赤の他人で「可哀想な若い女性」という他人事な同情だけで終わっただろう。けれど今は、彼女を殺したいほど恨んでいる男がいると知ってしまった。そして自分は警察官という立場にある。お節介、考えすぎと言われるかもしれないが、ここで動いておかないともし何かあった時に、きっと後悔する。

ミャーをソファに押し倒し、その腹に顔をくっつけている芽衣子に「あの」と声をかけた。

「俺とラインの交換をしてもらえませんか」

芽衣子が顔をあげる。ミャーを抱っこしなおして「どうして？」と摑んだ猫の手をちょいちょいと動かす。

「何か困ったことがあった時に連絡してもらえれば、警察官としてアドバイスできると思うので」

「それってさ、私の連絡先をゲットしたいだけじゃないの？」

「いえ、そういうわけでは……」

嘘偽りのない本心だが、芽衣子はフフッと笑った。

「素直にさ、私のことが気になるから連絡先教えてって言えばいいのに。ま、いいよ。教えたげる」

芽衣子の身の安全は気になるが、恋愛対象としては全く意識していない。意識するどころか、ピアスだらけの顔は怖いので、できるだけ直視したくない。意識していると思われるのは理不尽だと思いつつ、ラインのアドレスを交換した。

芽衣子のラインに、自分のアドレスが入る。そこには「takarai」と表示されているのに、芽衣子が「門柱」と書き換える。

「俺の名前は、宝井です」

芽衣子はチラリと宝井を見て「門柱（宝井）」とつけ加えた。意地でも地味をパワーアップするワードを削除するつもりはなさそうだ。

宿舎への帰り道、時間短縮のため高速を走っている途中、ラインがきた。舌ピアスをした女の子のイラストのアイコン「mei」から「今日はありがとう♡」とメッセージが入っている。

人を門柱と貶（おとし）めるあの態度。とても好意があるとは思えないのに、このハートマークからはそれらしきものが漂ってくる。これはおそらく、トラップだ。こんな風に女性は好意をちらつかせ、男を夢中にさせていくのかもしれない。

女性は恐ろしい、恐ろしいものだなと思いつつ、宝井は自分の女神であるアネモネ7、ゆかりんのスタンプで「どういたしまして」と返信した。

第四章

間山和樹の後悔

「駅から三十分か」

スマホに表示された地図のナビ、徒歩ルートにはそう出ている。近くはないが、もの凄く遠くもない。タクシーを使うという選択肢が頭に浮かぶも、自分たちには最低限の現金しかない。宿の送迎バスは、五分前に出たばかり。平日のせいなのか便数が少なく、来るのは一時間後だ。

「よし、歩くぞ」

決意表明も兼ねて、間山和樹は右手をぐっと握った。隣にいた弟の白雄が眉間に皺を寄せ、その唇が『タクシー』と動く。

「三十分ぐらいすぐだろ。走れば十五分ぐらいで行けそうだな。宿まで競走するか？」

腕を振って走る真似(まね)をする。白雄が胸を押さえ、絶対に嫌だと言わんばかり、これ見よがしに吐くジェスチャーをしてみせた。

「じゃ歩こうぜ。荷物もないんだしさ」

歩き出した自分の隣を、嫌みったらしく大きなため息をついた白雄がノロノロとついてくる。

鉄道の駅前には、蕎麦屋やカフェといった定番の飲食店がぽつぽつとあったが、ナビに誘導されるまま歩いていくうちに店は消え失せ、どんどん家と家の間隔が開いていく。京都駅やその周辺の観光地は賑わっていたのに、少し外れて山際になると欠伸みたいに間延びした、よくある寂れた田舎の風景に落ち着いてくる。川の傍、竹藪の脇にある片側一車線の小さな道路を東に進む。住宅どころか両脇は田んぼと畑だらけになってくるし、この先本当に宿があるのか心配になってナビを確認するも、間違ってはいない。

西日が思いのほかきつい。額に汗が浮き出し、脇の下や背中がじっとり濡れてくるのがわかる。午後五時を過ぎているのに、やたらと蒸し暑い。セダンに五人とぎゅうぎゅう詰めで東京から来たが、惜しみなく冷房をかけつづけたので道中は涼しかった。七月の京都、盆地の蒸し暑さを舐めていたかもしれない。

高速道路で渋滞にはまり、三井、ポリさん、松崎の三人がアネモネ7のライブに遅れそうになったので、宿まで送ってもらうはずだった予定を急遽変更して京都駅で自分たち二人は降りた。旅館の送迎バスが来る最寄り駅まで電車に乗り、そこから歩いているわけだが、やっぱりタクシーを使えばよかったかも……うっすら後悔したタイミングで、肩に何か触れた。白雄の手だ。

「暑い！」

自分の口が大きく開き、雷鳴みたいに叫ぶ。

「わかった。俺が悪かったから、怒るな」

白雄がフンッフンッと興奮した犬のように鼻を鳴らす。猛烈に機嫌が悪い。白雄は暑すぎるのも、寒すぎるのも嫌がる。頭もいいし体力もあるのに、それを使うことを嫌う。根性論など鼻で笑い飛ばし、一年中省エネモードで生きている。

まいったなと思っているうちに、前方に救世主があらわれた。畑の脇にぽつんと佇(たたず)むコンビニ。自然と体が店の中に吸い込まれ、棒アイスを二つ買う。そして残りの徒歩約十五分、二人でシャクシャクとアイスを食べ、暑さをまぎらわしながら歩いた。

担当編集者、松崎が引っ越し先で知り合った小学生の光。その松崎に捜し物屋として依頼される形で、行方不明になった光の母親を捜しに京都まで来た。母親が高級旅館の敷地内にある蔵で何度かショーを行っていたのは確実なので、辺りを捜索ついでに宿泊する予定だが、気分は重い。なぜなら光の母親は亡くなっていて、自分たちは死体捜しをしていることになるからだ。もともと、松崎の部屋に出てきた光の母親の幽霊絡みで関わっているから、捜すと決めた時点でこうなることは既定路線ではあったけれども。ちなみに母親の幽霊は成仏したのか、出てこなくなったらしい。

白雄には不思議な力がある。声を出せない、喋れないかわりに、人に触れることで触れた相手の口を使い、自由に喋り、また喋らせることができる。自分もよく白雄に口を使われる。このことは、死んだ白雄の母親と自分しか知らない秘密だ。

相手の意思に反して口を使わない、使うなら兄である自分だけにするようにと言い含めてあるが、たまに白雄は約束を破る。自分も白雄の能力が便利だなと思う時には使うので、そうなると「決めたこと」と「都合」の間で正しさの境界線が曖昧になる。

先々週、光の母親捜しで「一緒に京都に行こうぜ」と持ちかけた時、特に用もなさそうだったのに白雄は『嫌だ』と断ってきた。これまで捜し物の捜索を拒否されたことはなかったので「まじか」と焦った。人の口を使って喋る、喋らせるのとはまた別の、霊が視えたり、物に触れて持ち主の過去を視るという白雄の能力が母親捜しにどうしても欲しくて「頼むから来てくれよ」としつこく食い下がったら、渋々といった態度で頷き、了承してくれた。

白雄がアイスを食べ終わる。棒きれをぶらぶらさせていて、そのまま道にポンと投げ捨ててしまいそうな気配に「おい」と声をかけた。

「棒、よこせ」

白雄が首を傾げて『はずれだよ』と口を動かす。

「そういうことじゃねえんだよ」

フフッと鼻で笑って、白雄が棒を差し出してくる。自分の分と合わせて二本を手に持つ。道に物をポイ捨てしちゃいけないと白雄はわかっている。わかっていても、面倒くさいと思ったら多分やる。それは生きていく上で、致命的な欠点ではないけれども……。

「お前さあ、光のこと嫌いなの？」

アイスで少し機嫌が直ったらしい弟に聞いてみる。母親がいなくなり、今は児童養護施設にいる光の境遇に、三井や徳広、ポリさんは同情的で協力してくれる。もとからそういうことに共感しづらいタイプだとわかってはいるが、白雄も昔は母子家庭で、母親の死をきっかけに間山家の養子になっている。過去の自分と似た境遇なのに、光への態度はどうにも冷たい。

遺伝子の違いをまざまざと見せつける整った顔、薄い唇が『べつに』と動く。

「けど光の母親捜し、あんま乗り気じゃないだろ」

白雄は『面倒くさい』と返してくる。そして『和樹も本当は嫌なくせに』ときた。痛いところをグリッと突かれて黙り込む。捜すのはいい。一応、依頼されたし納得して受けた。光が「母親に会いたい」と叶わぬ希望を持ったまま何年も過ごすよりも、事実を知り、母親のいない世界を受け入れて生きたほうがいいだろうと判断したからだ。けれど小学生で母親の死を受け入れるのがどれだけ残酷なことか、その時の光の気持ちを想像するだけでやるせない気分になる。赤の他人の自分でさえ、この件に関わると気持ちが沈むのだ。当の本人、光はたまったもんじゃないだろう。

白雄はふふっと笑う。ここは笑うトコじゃないだろというツッコミもしんどくなり、前を向いた。カーブを曲がった先、罰ゲームとしか思えない曲がりくねった上り坂がドンと現れる。白雄が近づいてくる。また人の口を使って文句を垂れ流しそうな気配に、手が届かないよう一定の距離をあけて早足で歩いた。

　ゼイゼイ息を切らしながら制覇した罰ゲーム。上り切った場所から、小高い山を背に一・五メートルぐらいの高さの土塀が見えた。その奥に二階建ての大きな建物。あそこが天保旅館だろう。駅から三十五分、コンビニでのロスタイムを考慮しても時間ぴったりだ。足を止めると、額の汗がツッと頬を流れた。

　公式サイトで事前にチェックはしていたものの、実際目にする高級旅館は、塀の向こうにチラ見えする屋根瓦だけ見ても、黒光りして古い寺みたいな重厚感がある。もとは地元の豪商だった西根(にしね)家の邸宅で、二十年ほど前に旅館に改装されたとサイトに説明があった。建物は古いが宿としての歴史は浅い。

　宿は瓦を葺(ふ)いた白い土塀でぐるりと囲われている。入り口が道路に面しておらず、どこから入ればいいのかわからない。ナビで確認すると、左手に回り込んだあたりにあるようだったので、塀に沿って行ってみる。延々と五十メートルほど歩き、角を曲がったところでようやく入り口が見えてきた。

　門の手前まできて気づいた。近くに不機嫌な弟の気配がない。振り返ると、白雄は十メートルほど後ろで立ち止まり、土塀に手を当てていた。視線に気づいたのか走って追いついてくる。

「どうした？」

白雄の口が『壁、気持ち悪い』と動く。

「壁が気持ち悪いって何だよ。中に何か埋まってんのか？」

白雄は『死体はないよ』と笑いの表情で目を細めた。

「じゃ何なの？」

『恨み』

白雄はさらりと唇に乗せる。

『死んでるし形もないのに、恨みだけが残ってあそこでもぞもぞしてる。気持ち悪い』

ここは塀も含めて、建物が古い。百年近い間に、恨みを持つ人間が周辺でうろうろしていたとしても、不思議ではない。

「そういう野良っぽい恨みは放っとけよ」

野良の表現が気に入ったのか、白雄はハッ、ハッと呼吸だけで笑う。

「もういいか。中、入るぞ」

ドラマか何かで見た、大名屋敷の門みたいな瓦屋根のついた木戸をくぐる。敷地内に入って、まず最初に目に飛び込んできたのは緑だ。左右に緩く蛇行しながら敷かれた踏み石、その脇に植えられた木々が両側から道に覆いかぶさり、天然のアーチになっている。宿の建物は見えない。そういえば宿泊サイトの利用者レビューに「庭がジャングル」というのがあった。

　けっこう山の中にあるのに、庭まで草木でわっさわっささせなくてもなあと思いつつ、黒光りしている敷石の上を歩く。枝葉で日陰になって少し涼しい。ひょうたん型の池の傍にあるカーブを曲がると、ようやく宿の正面玄関と建物の全貌が見えてきた。木造の二階建てで、体育館かってぐらいでかい。木枠の窓がたくさんあり、白い土壁が庭の緑によく映える。

　玄関の少し手前で道が二つに分かれ、右に「天保旅館」、左に「石楠花蔵（しゃくなげぐら）」と彫られた木の立て看板がある。蔵は多目的ホールになっていて、緊縛ショーはここで行われていたという情報がある。光の母親の真相に「近づいている」感触に、背筋が伸びる。京都に来た目的、メインディッシュはこの蔵だ。一度確認しておきたい。

「蔵、見に行こうぜ」

　白雄は首を横に振り『ここにいる』と口が動く。一緒に来て、さっくり霊視してほしかったのに、駅から歩かせたせいで機嫌がよくない。無理強いもできないし、暗くてもできないわけじゃないから夜に捜索してもいいし、最悪、明日の午前中もある。

「じゃ、俺だけでちょっと行ってくる。すぐ戻るわ」

　白雄を残し、一人で向かう。蔵は旅館本体の隣にあり、二十メートルも離れてない。

高さは旅館と同じで、形はほぼ正方形。宿の三分の一ぐらいの大きさがあり、想像していたよりもかなりでかい。

中に入ってみたかったが、入り口の鉄扉には古めかしい閂鍵（かんぬきかぎ）がかけられている。脇に遊歩道があったので歩いていくと、蔵の裏から宿の裏庭が見えて、山際にある木戸の手前に「散策コース」という案内の看板が立っていた。宿の裏庭から外へ出て、裏山に登れるのは知っている。散策ができるのは宿の売りの一つで、公式サイトに書いてあった。山歩きのモデルコースは十五分、三十分コースといくつかあり、一番時間がかかるのは三時間コースで、そうなると気分的には軽い登山だ。

蔵の周囲を一周しただけ、霊感なしの自分は何も収穫がないまま宿の玄関に戻る。白雄がいない。あの面倒くさがりが先に宿に入ってチェックインをするとは思えないので周囲を見渡していると、ひょうたん型の池の向こうにいた。石灯籠に手を置き、笑っている。声は出てないけれど、笑っているとわかる。なぜだろう、見ていると背筋がザワザワする。何が面白くて、白雄は笑っているんだろう。

「こんにちは」

背後から声がかかる。くすんだ紫色の作務衣（さむえ）を着た垂れ目のおばさんが、小首を傾げて自分を見ている。

「御予約の方ですか？」

「あ、はい。間山です。勝手に庭をウロウロしてすみません。何かすんげえ広いな～と思って」

おばさんはニコリと愛想良く笑った。

「庭で迷子になるお客さんもいてはります。地図があるので、お持ちしましょか？」

「これからフロントに行くんで大丈夫です。おい白雄！」

池の向こう、高い影が振り返る。

「今からチェックインするぞ」

聞こえたらしく、池の真ん中にある太鼓橋を渡って近づいてくる。作務衣のおばさんが、そんな白雄をじっと見ている。一緒に出掛けると「かっこいい」と白雄は女の子にキャーキャー騒がれるが、母親と同年代くらいの女性にまでその美形魔力の効果はあるんだろうか。地引き網レベルでえげつない。

「ひょっとして西根市長のご親戚ですか？」

おばさんにそう聞かれた白雄が、ひょいと肩をすくめて自分を見る。

「そいつ俺の弟なんだけど、声が出ないの。喋れないんだよ。西根って人も知らないんだけど」

おばさんは慌てた表情で「そうどすか。ごめんなさいねぇ」と頭を下げた。

「ここはもともと西根市長のご実家やさかい、よう似てはるんで親族の方が来られたのかと」

学生の頃、白雄は街に出るたびにスカウトされていた。「芸能人の○○さんに似てるよね」「ミュージシャンの○○に似てない？」と言われたのも一度や二度ではない。あまりに頻繁だったので、美形の顔には黄金比率があり、白雄はそういうのに近いんだろうと勝手に思っていた。ただ一般人に似ていると言われたのは初めてかもしれない。

おばさんは「こちらにどうぞ」と自分たちを先導して宿に入った。引き戸を開けたところに広い玄関があり、板張りの床に上がると壁際に小さなフロントが見える。廊下を挟んだその向かいには、椅子とローテーブルが三組置かれた、ガラス張りのシンプルなロビーがある。チェックインをしている間、白雄はロビーの中をうろうろと歩き回っていた。

手続きを終えると、さっきのおばさんが「お部屋を担当させていただく小川です」と自己紹介してきた。

「お庭、散策しはりますか？　それとも先にお部屋にご案内させてもろうてもよろしおすか？」

ちょっと疲れたので先に部屋に案内してもらうことにする。幅が広くて黒光りする薄暗い廊下を、小川は奥へと歩いていく。そして突き当たりを右に曲がった途端、廊下がぱっと明るくなった。庭側が木枠のガラス窓になっていて、広い裏庭が見渡せる。

　白雄が立ち止まる。「群青の間」とプレートのついた部屋をじっと見ている。自分も足を止め、どうした……と聞こうとしたところで小川が振り返った。

「この宿は、裏庭がえらい広おて……」

　庭を見たくて足を止めたと思われたらしい。

「庭から外へ出て、山に登れるんです。早起きして山を歩いて、朝風呂に入られる方も多うて。夜の間は裏山へ出る木戸に鍵を掛けるんやけどフロントは二十四時間対応で、早朝でも鍵を開けますさかい、山歩きをしたい時は声をかけとぉくれやす」

　山には多分、用がないだろうなあと思いつつ「わかりました～」と適当に返事をしておく。

　自分たちが泊まる部屋は、宿の一番奥にある角部屋「浅葱(あさぎ)の間」だ。八畳二間の広々とした和室で、入り口の横に洗面所とトイレ、風呂がある。そして窓からは例の蔵がチラリと見えた。

「どちらからおこしやすか？」

　お茶を入れながら、小川が話しかけてくる。

「東京です。後で友達が三人、合流するんだけど」

　小川は「伺(うかご)うとります」と微笑む。

　三井、ポリさん、松崎はアネモネ7のライブが終わった後、夜遅くにこちらの宿にやってくる予定だ。宿の蔵はたまに催し物をしていて、そうでなければ基本、宿泊者にしか公開していない。催し物の予定がここしばらくなかったので、蔵を探索したければ泊まらないといけなかったが、宿泊料金が猛烈に高かった。経費として松崎に請求できなくもないけど、金額が金額なだけに気が引けた。

悩んでいたら、捜し物屋の事務所にコーヒーを飲みにきていた徳広が「京都でアネ7のライブがあっていつもの三人で行くから、一緒に泊まろうか?」と言ってくれたのだ。人数が増えると割安になるので、金銭的負担がかなり楽になる。ついでにポリさんの車に一緒に乗せてもらえることになり交通費も浮かせられて、「神」とあがめたくなるほどその申し出はありがたかった。

アネモネ7のライブ日程に合わせて京都行きの予定を組んだものの、素晴らしい提案をしてくれた徳広は、ライブ前日になって実家の親御さんが入院してしまい急遽そちらに向かうことになった。そのかわりに「今、わりと暇なんすよ」と言っていた松崎が遠征メンバーにイン。徳広の「宿代とチケット代はおごるので、ライブに行ってほしい。空き席を作りたくない」という強い希望により、松崎は三井とポリさんと共にアネモネ7のライブに参戦している。

「御食事はお二人だけということでよろしかったですね。午後六時から七時半の間でご準備できますけど、何時からにいたしましょうか?」

今日のうちに探っておきたいこともあるので「七時半に」と遅い時間にお願いする。宿の食事は高いので、最初はなしのつもりだったが、白雄が「旅館の美味しいご飯が食べたい」と言いはじめ、嫌がっていたのを無理に連れてきたという負い目もあり、頑張って夕食をつけた。

「そういえば～宿の隣にある蔵、めちゃでかくてかっこいいよね。俺、ああいう蔵って大好き。中に入ってみたいんだけど」

目的を切り出す。小川は「はぁ、蔵ですか」と戸惑い気味の表情で相槌を打った。

「あそこは多目的ホールでたまに展示会なんかをやっとりますが、普段はがらんどうですよ」

「壁とか柱の雰囲気を見るだけでいいんで～」

小川は「そうどすなぁ」と考えるそぶりを見せる。すると窓際で外を見ていた白雄が自分に近づいてきて隣に座り、座卓の下で左の手首をスッと握ってきた。これから口を使うからなという明確な意思表示と、何を言うんだろうという不安で背筋がゾクリとする。

「「やっぱり蔵は見なくてもいいです」」

自分の口から出てきた白雄の言葉にギョッとする。蔵の中であちらこちらに触れて、光の母親の痕跡を読んでもらおうと思っていたのに、いきなりの路線変更。そしてこちらを見ないまま「黙ってろ」と言わんばかりに手首を摑む手にぐっと力を入れてきた。

「『俺、実は小説家なんです。本は出してないけど、雑誌とかエッセイの仕事をしていて……』」

小川がパッと目を見開き「まあ、そうですか」と浅く頷く。嘘ではない、嘘ではないが、別に今言うことでもない。

「『話作りの参考にしたいので、この階にある他の部屋を見せてもらうことはできないでしょうか？　ほんとに見るだけでいいんですけど』」

小川は「そういうことでしたら、支配人に聞いてみましょか」と部屋を出て行った。足音が遠ざかってから白雄の手を振りはらい「お前、何考えてんの」と詰め寄った。

『母親のことを知りたいなら、蔵より部屋がいい』

昼の動きは、何かを確信している雰囲気だ。蔵でショーをしていたのなら、光の母親と彼氏の縛師が宿に泊まっていても不思議ではない。この部屋に来る途中「群青の間」の前で白雄はしばらく立ち止まっていた。あそこに失踪の手がかりがあるんだろうか。蔵よりも母親の「何か」が読めると思っているんだろうか。

「ごめんやす」

小川が部屋に戻ってくる。

「支配人から許可が出ました。予約の入っていない部屋でしたら、私が付き添うことを条件に、お部屋を見てもろうてよろしおす。次の仕事がありますさかい、そう長い時間はついていられませんが」

白雄がまた手首を摑んできた。

「ありがとうございます。さっそく見せてもらってもいいですか？」

喋れない男の言葉だと知らない小川が「わかりました」と頷く。白雄は本格的にやるつもりらしく、物を『読む』際に潤滑油的に使う数珠が入っているサコッシュを斜めがけにした。部屋を出て廊下を歩きながら、小川は「どのお部屋がよろしおすか。どれも似通っていて、違いは窓の外の景色ぐらいですが」と説明する。白雄はやっぱりというか予想通りというか、群青の間の前で足を止めた。

「この部屋、見せてもらってもいいですか？」

少し先を歩いていた小川が振り返り「ここですか？」と口を半開きにする。

「予約客の方がいますか？」

「あ、いえ……」と小川は首を横に振る。

「予約はあらしまへんが、この部屋は階段の脇やさかい少し狭う(せも)て。ご予約の際も最後に割り当てることが多うて……」

「ここがいいです」

小川は「そうどすか」と群青の間の鍵を開けてくれた。そこは自分たちの部屋の作りとほぼほぼ同じ。確かに部屋は六畳二間とやや狭い。階段側になる奥の部屋は柱がせり出し、天井も梁が見えている。これはこれで、雰囲気があってかっこいい。

白雄は引き寄せられるように二間続きの奥の部屋に入り、サコッシュの中に右手を入れて、多分……数珠を握りながら、左手で柱に触れた。目を閉じ、じっと読んでいる。

よくよく考えたら、あの立派な柱や梁は縛ったり吊るしたりするのに便利に使えそうだ。白雄は仕事をしているが、この状況が続くと「あの背の高い子は何をやってるんだろう」と小川に不審に思われそうで、わざと足音をたてて正面の窓に近づき「ここから見る庭、かっこいいね」と大きな声で小川に話しかけた。

「ライトアップ、綺麗だし」

ひょうたん型の池や、傍にある石灯籠の灯が夕暮れの闇にぼんやりと滲む。

「夜に庭を散策される方にも、とても評判がよろしおすぇ」

「こんだけ明るかったら、懐中電灯を持ってなくても外、歩けそう」

自分のほうに小川の意識を向けさせている間に、白雄が傍にやってきた。不自然なほど自分にぴたりとくっつく。

「「そろそろ部屋に戻ります」」

自分の口が動く。小川は「えっ」と声をあげた。

「ここだけでよろしおすか？」

「はい、十分です。見せていただいて、ありがとうございました」

白雄が礼を言っているので、その雰囲気に合わせるために軽く頭を下げた。

群青の間を出たところで小川と別れ、部屋に戻る。白雄は座卓の前にあぐらをかいて、ふうっと息をついた。そんな弟に「なあなあ」とにじり寄る。

「あの部屋にさ、光のママと彼氏が泊まってたのか？」

白雄は畳の上にごろんと仰向けになり『そう』とゆっくり口を動かす。

「何が読めたのか教えてくれよ。めちゃ気になる」

肩を摑んで揺さぶると、白雄の頭がぐらぐら揺れた。

『風呂』

薄い唇が動く。

『風呂入る。汗がベタベタして気持ち悪い』

風呂に入るのが悪いわけじゃないが、京都まで遊びにきたわけじゃない。大事なのは、光の母親の情報だ。

「本当に蔵のほうは視なくていいのかよ」

『いい。もう全部わかった』

ゴクンと喉が鳴る。全部、とはどこまでだろう。光の母親の行方、死の原因……全てがわかったというんだろうか。

『風呂行こう。風呂で教えてあげる』

怖いけど早く知りたくて大浴場に行くことにしたが、パンツがない。二人分の替えの下着を入れたトートバッグはポリさんのセダンに乗せたまま。検索したら、宿から一番近いコンビニは来る途中にあった畑の脇のアレだけ。着替えは浴衣があるし、しばらくノーパンでもいいかと迷うも、家じゃないし最低限のマナーは必要と判断して、宿の売店でパンツを二枚買った。売っていたのは白ブリーフだけで選択肢はなかったのに、白雄に『ダサい』と文句を言われ、その口にブリーフを突っ込んでやろうかと本気で思ったが、我慢した。

大浴場は蔵の反対側にあった。京都には珍しい温泉が、ここにはある。壁と浴槽は檜造り（ひのきづく）りで、外に向かった窓は木枠の格子窓。大好物のレトロな雰囲気に、温泉好きの血がざわざわと騒ぐ。

洗い場には、風が吹いてもよろけそうな萎（しお）れた白髪の爺（じい）さんが一人いるだけ。サッサと体を洗い、檜風呂に入る。湯はけっこう熱い。夏に熱いもまたよし……と頭の中で呟きながら、ほわーっと息をつく。白雄は体を洗うと、さっさと露天風呂に続くドアを開けて出て行く。遅れをとった気分になり、後を追いかけ外へ出た瞬間「うおっ」と声が出た。

周囲を木々に囲まれたテニスコートほどのスペースに、ごつごつした岩を寄せ集めた巨大な露天風呂が出現する。自分が知っている露天風呂の中で最大かもしれない。宿の写真で見ていたが、蔵にばかり注目して、ちゃんとチェックしてなかった。凄い、ヤバい。心臓がバクバクして、一気にテンションが上がる。

他に人がいないのをいいことに、勢いをつけて風呂に飛び込んだ。バチャンとでかい音と共に、水しぶきが近くにいた白雄にかかる。鬱陶しそうに顔の水滴を拭う白雄に、ざまあみろと思う。嫌がらせのつもりで、湯をすくってバシャバシャと男前の顔にかける。最初は我慢してじっとしていた白雄も、そのうちカッと目を開いて、モータースクリューかよってぐらいの勢いで両手をぶん回して反撃してきた。

負けるもんかとやり返すも、白雄の方がでかいし体力もある。水の勢いに押されてじわじわ後退し、露天風呂の隅に追い詰められたところで、水しぶきの猛攻撃を受けた。

「ごめん、悪かった。俺が悪かったから」

謝ってるのに、やめない。こいつ、ムキになると面倒なんだよなと辟易(へきえき)しているうちに、水の中で足を引っ張られた。ズブズブと湯の中に引きずり込まれ、俯せのまま風呂の底に押しつけられる。自分の背中を、浮き上がらないように押してくる手。強い力。死という単語が脳裏を過るも一瞬で、すぐに背中を押さえる手は離れたので、自力で浮き上がった。ザッバンと音をたてて湯から上がる。大きく息をしたところで、顔にこれでも食らえとばかりにバシャバシャと湯をかけられる。

「やめろよ、謝ってんじゃん」

やっと攻撃が止まる。自分もちょっとはしゃぎすぎたかと反省しつつ、一回やったら百倍ぐらいにして返されたことが面白くなくて、白雄から少し離れてでかい石の下に座った。するとなぜか元凶が追いかけてきて、隣にぴったりとくっついてくる。

「お前、なんで横にくんだよ」

「いいじゃん」

自分の口から出る、白雄の言葉。

「風呂、広いんだからあっちに行けよ」

「やだ」

ここで自分が離れても、またくっついてくるんだろう。この「やだ」はそんな雰囲気だ。隣の苛々する物体の存在を諦め、首を反らせて目を閉じた。そうやってしばらくじっとしていると、頬に風を感じた。周囲の木々がザワザワと微かな音をたてる。ぽちゃっと額でぬるい水が弾けて、目を開ける。自分の顔の上に手が見える。白雄の手だ。

「顔に水、落とすな」

「ふふっ」

白雄が目を細めて笑う。そういや昔はよくこんな風にじゃれてたなと思い出す。湯の温度もぬるめで、景色もよくて、最高に雰囲気のいい露天風呂なのに、貸切かってぐらい人が来ない。

「なんで俺たちだけなんだろうな」

返事を期待しないぼやきに「『この時間はみんな、夕飯食べてるんだろ』」と自分の口が返事をする。

「あっ、そっか」

「『ばか』」

くっついているから、口から勝手に白雄の言葉が出てくる。キレるとうざい弟も、露天風呂の心地よさにやられたのかスッと目を閉じる。広い風呂の中、二人でぴたっとくっついているよりも、離れたほうが広々として、もっと開放感もあるんじゃないかと思うが、白雄は傍にいる。面白くて、鬱陶しい。昔から、何も変わらない。

白雄と一緒にいるのは、嫌じゃない。ヤバいこともあるけど、楽しいこともある。ただ白雄の世界は極小で、あまり広がらない。社会に出て働いていても同じ。自分は白雄の友達なんて、一人も紹介されたことがない。この性格だとしょうがないのかもしれないけど、こいつはずっと、死ぬまでこんな感じなのかなと思うことがある。

チラリと隣の弟を見る。ずっと目を閉じたままだ。

「もしかしてお前、寝てる？」

「寝てない」と自分の口が動く。

「目、開けてるといろいろ視えるから」

視える、が何なのかわかる。前、水辺にはそういうのが多いと聞かされた。自分が視えているわけじゃないのに、いるかも、と想像しただけで背筋にゾワッと怖気が走る。そして、わかっていたのに好奇心に抗えず聞いてしまった。

「何が視えんの？」

白雄が目を開ける。

「数えきれないぐらいたくさん。俺が視えるって気づかれたら、いっぱい寄ってくるから目を合わせないようにしてる。あぁ、もうひとり来た。和樹の右肩のとこ、いるよ」

条件反射で肩を見る。そこには何もない。自分には視えないからわからない。

「ははは、ははは」

おかしくもないのに、自分は笑っている。白雄が笑っている。

「お前、性格悪い」

「和樹もだよ」

「俺は普通だろ」

「和樹も意地悪だ。俺は嫌だって言ったのに、どうしてもってここに連れてきた」

確かに嫌がっていたのを「頼むよ」とお願いして引っ張ってきた。嫌がったのは、単に京都遠征が面倒くさかったからで、そこに何か他の「理由」があるとは思わなかった。

「……もしかしてここ、お化け屋敷的な感じ？」

白雄がだるそうに首を傾げ、自分を見る。

「霊がうじゃうじゃいるって最初からわかってたから、来るのが嫌だったのか？　そういや宿に入る前、塀のとこでも恨みが残ってるとか何とか言ってたな。石灯籠の横でもお前、笑ってたし。あの時もやっぱそういうものが視えてたのか？」

「霊の数は多いけど、お化け屋敷ってほどじゃない。ふうんって感じ」

「何だそれ」

「石灯籠のとこは……顔だけ知ってる俳優の、クソつまらない映画を見せられてる感じだった」

たとえを聞いてもよくわからなくて、こっちも「ふうん」と返すしかない。白雄が自分の肩に、頭をコツンと乗せてきた。

「光の母親、群青の間で死んだんだよ」

自分の口から出た爆弾発言に、温泉に入っているのにブルッと震えがきた。

「男とあそこの部屋でヤッてたんだ。柱の梁を使って吊り下げられるから、あの部屋は二人のお気に入りだった。死んだ日も梁に縄をかけて、母親はぶら下げられてた。シヨーの予行演習も兼ねてたんじゃないかな。その最中、男に電話がかかってきた。隣の部屋で男が話をしている間に、結び目が緩んで縄のバランスが崩れて、母親の首が絞まった。母親って苦しいのが好きな変態だったから、早く外してもらわないといけないってわかってたのに、気持ちいい、気持ちいい、もうちょっと……って感じてる間に死んじゃったんだ。暴れたら隣の部屋にいた男も気づいたのに、馬鹿だね」

自分の口から教えられる事実に愕然とする。緊縛の失敗で、光の母親は死んだのだ。そして助かるルートはあったのに、それを選ばなかった。いや、選ぶつもりだったのかもしれないが、遅すぎた。

「『あ〜気持ちいい〜って死んでるよ。お風呂に入って、気持ちいい〜って感じてる時の感覚に似てるかも。よかったね』」

よくはない。決してよくはないし、子供の光に母親のそんな最後を話すことは絶対にできない。大人だってそういうプレイに拒否反応を示す人はいるだろう。唯一の救いは、その死が事故だったということだ。事故なら、光は誰かを恨まなくてすむ。自死ではなく、残酷に殺されたわけでもない……そこで疑問が浮かんだ。

「死体が出てないってことは、男っつーか彼氏が母親の死体を隠したってことか？　どうしてだよ？　事故なんだろ？」

「『保身』」

答えが勝手に口から出てくる。

「「ちょっと複雑なんだけどザックリ言うと、たとえ事故でも、自分がここで人を死なせたってわかったら知人に迷惑かけちゃうってことみたいだね」」

胸が痛い。どうにも切なくなる。恋人なら、死んでしまったとしてもちゃんと供養してあげたいと思わなかったんだろうか。子供がいたことも知っていただろうに、残された者のことを考えてやらなかったんだろうか。

「「彼氏さぁ、本当に光の母親が好きだったんだよ。すごく好きだったのに、死んじゃったから捨てたんだ。自分の邪魔にもなるって判断してポイって捨てた。何より自分のことが大事だったんだね。けどそれを言ったらみんな同じかな。みんな自分が一番大事で、可愛いんだもんね」」

そうして母親の遺体は隠され、光は延々と母親を待ち続ける羽目になった。

「「死体、宿の裏山に埋まってるよ。明日、明るくなってから捜しに行こう」」

口から出てくる白雄の声は、楽しそうだ。自分のやるせない気持ちと声のギャップが頭の中で不協和音を起こし、吐きそうなほど気持ち悪い。

「「死体が見つかったら、やっとこの件は終わるね。よかった」」

そうだな、と返事をして目を閉じ温泉の中に頭まで潜った。ぶくぶく、鼻と口から泡が出る……もう白雄の声は聞こえなかった。

夕飯は部屋に用意された。小鉢や大皿に美しく盛られた料理が、順番に座卓の上に並べられていく。腹は減っているのに、ちっとも箸が進まない。光の母親の死の真相を知ったばかりで、気分が沈みきっている。しかも明日は死体捜しだ。それが必要だと頭でわかっていても、楽しいことじゃない。

そんな自分と対照的に白雄はもりもり食べ、どんどん皿が空になっていく。自分はあまり食べられないから、中途半端に料理の残った皿が座卓の上で交通渋滞を起こしている。

世話をしてくれている小川が「お口にあいまへんか？」と心配そうに聞いてきて「俺、食べるの遅いんで」と誤魔化した。小川が部屋を出ていき、二人きりになると、あぐらを組んだ自分の向こうずねにひたりと何か触れた。向かいにいる白雄の足の指だ。指が、向こうずねをクッと押す。

「「食べないなら、ちょうだい」」

自分の口を使って要求してくる。どう考えても完食できそうにないので、白雄のエリアに余っている小鉢や皿を一枚ずつ押しやる。すると空腹の狼みたいにガツガツと片づけていった。

「お前、よく食うね」

指が触れたままなので、自分の口から「「たくさん歩いたし、お腹減ってた」」と出てくる。

「「ここの料理、すごく美味しい。頼んで良かった」」

歩いた距離は同じなので腹は減っているし料理は美味しいのに、変に胸が詰まって自分はもういいと思ってしまう。

「ならよかったよ。高いし、いっぱい食え」

ろくに手もつけず、どんどん向かいに皿を流す。白雄は食べ終えた皿を返してくるので、食べてもいないのに空の皿がどんどん前に積み上がっていく光景はまるでホラー映画だ。それを繰り返しているうちに、最後のデザートになる。すいかと小夏のシャーベット。ボリュームがなかったし冷たいものが欲しくてこれは自分で食べた。

ほぼほぼ二人分を完食した白雄は腹が苦しいのか、背後に両手をついて『ハーッ』と満足げな息をついた。触れていたことを忘れていた親指が、動いた。

「「美味しい料理だったのに、いっぱい残してたね」」

白雄が指先で向こうずねを、まるで慰めるみたいにそろそろと撫でてくる。

「別にいいんだよ。お前が食ったし。それにここに来た目的、飯じゃないし」

「「おあいこだ」」

反射的に白雄の顔を見た。

「「来たくないのにお願いされて連れてこられて、暑いのに歩かされて、嫌だった。和樹も美味しい料理を食べられなくてかわいそうだから、これでおあいこだね」」

気分の沈んでいる時に、白雄の毒はきつい。シャーベットの小皿を手に、座ったまま後退る。白雄の指は離れたが、まだ人の口を使って何か毒を垂れ流したいのか、座卓の下から足を伸ばして、触れさせろとばかりにぶらぶらと動かしている。

部屋の空気が、ヘドロみたいに重くなる。息苦しい。毒におぼれる。立ち上がると、白雄がじっとこっちを見ていた。

「散歩してくるわ」

向かいで腰を浮かしかけたのが見えて、「一人でいたいから、ついてくんな」と制した。白雄がいじけた表情になり『怒った?』と唇が動く。

「別に。お前、いつもじゃん」

スマホを手に部屋を出る。廊下は、歩くとギシギシ軋(きし)んだ。群青の間の横で足を止める。この部屋で光の母親は……考えると余計に気が滅入(めい)るので、足早に玄関に向かった。そこには「ご自由にお使いください」と下駄(げた)が並べられていて、靴を履くのが面倒だったからそっちに足を通す。下駄は、石畳の上を歩くとカラ、カラと音がする。そんなに食べてないのに胃が張った感じがして息苦しい。日が落ちても熱気が残り、湿度も高いから余計に。鬱蒼(うっそう)とした密林の庭は、所々ライトアップされていて綺麗なのに、どことなく薄気味悪さも漂う。白雄に霊がたくさんいると聞いたから？　それともこの宿で光の母親が亡くなったとインプットされたせいだろうか。

首にチクリと微かな痛みが走り、パシッと叩く。手のひらのくぼみで蚊が潰れ、自分の血と混ざって赤黒くなっていた。不快感しかないそれに、白雄のことが過る。意地クソ悪さでメンタル攻撃されたことを思い出し悶々としたまま、ふと考える。どうして白雄はここに来たくなかったんだろう。聞いてもはっきりとは言わなかった。

自分が思いつくのは、中学の時に白雄を虐めていたクラスメイトとか、マッサージ店で働いていた時の嫌な常連客とか、そういう白雄の気に障る人間がここで働いているんじゃないかとか……それぐらいだ。

「あれっ、和樹君？」

石畳の向こうから、リュックを手にした三井がこちらに歩いてくる。

「もしかしてお出迎えですか？」

ニコニコした三井の笑顔に、心がふわっと持ち上がる。

「いやいや、そうじゃなくて～ちょっと庭を散歩しててさ」

三井が周囲を見渡している。汗だろうか、ピンク色のTシャツの襟ぐりが濡れて色が変わっているのが、暗い中でもわかる。

「白雄君はいないんですか？」

いつも一緒にいるわけでもないが、自分と白雄はセットメニューみたいに思われているのかもしれない。

「あいつは部屋。そういやポリさんたちは……」

話をしているうちに、スポーツバッグとトートバッグを手にしたポリさん、その少し後ろからボディバッグだけの松崎が姿をあらわす。

「あれっ、和樹さん。お出迎えですか？」

三井とポリさんは、思考回路が笑えるほど同じだ。松崎は「浴衣、いいっすねぇ。風情があって」と間延びした口調で話しかけてくる。

「いかにも『旅館』って感じっすよね。しっかしここ、庭が広くてモサモサしてて密林すね、密林」

松崎を「まあね」と適当に受け流して「荷物、取りに行こうと思ってたんだよ。ありがと」とポリさんから自分と白雄の着替えが入ったトートバッグを受け取った。

「ライブ、面白かった？」

聞くと、三井とポリさんの頬がそれとわかるぐらいゆるゆると緩み「最高だったよ」「最高でした」とユニゾンになった。

「今回はゆかりんのバースデーライブだったので、全身全霊を込めてエールを送ってきました」

両手をぐっと握り締めるポリさんの声は、少し掠れている。

「新曲の振り付けもカワイイが限界突破して死にそうでした」

余韻を噛みしめるが如く、ポリさんがスポーツバッグを抱えたままステップを踏む。足の動きに迷いはないが、カクカクしてぎこちない。それを見ていた三井が右側に行き、またちょっと違う踊りをはじめる。誰かが推しのパートを踊ると、自分も推しのパートを踊らねばと思うらしい。浴衣の中年男女が、石畳で踊る派手なTシャツの二人に気づいて足を止めた。一心同体の二人を横目に、松崎が「あの〜」と鼻をほじほじする。

「先に部屋、入っててていいすか」

二人も踊るのをやめ、おとなしく宿の中に入った。部屋は座卓が端に寄せられ、奥の八畳間に三組、手前に二組とすでに布団が敷かれている。白雄がガンガンに冷房をかけているせいで、中はペンギンが生息できそうなほど肌寒い。ポリさんは荷物を置くとすぐさま「露天風呂に行ってきます」と出ていき、三井は「温泉、ちょっと苦手なんで部屋のお風呂、使わせてもらいます。先にいいですか」と聞いてきた。「俺と白雄はもう露天風呂に入ったからさ〜」と返事をする。松崎は「俺、疲れたんで先に十分だけ寝るっす」と奥の八畳間の窓際の布団でごろりと横になった。みんなそれぞれ、好き勝手で自由だ。松崎なんて死体みたいに寝ているだけなのに、人の気配があるだけで白雄と二人きりの重苦しい空気が薄まっていくのが不思議だ。

後から来る人のために手前の布団は空けておいたほうがいいだろうなと、奥の八畳間に敷かれた布団の真ん中、松崎と白雄の間を自分の布団と決めて腹ばいになる。明日は何時に起きよう。朝飯食ってからでも間に合うだろうか。食欲はないし、自分は別に食べなくてもいいけど、白雄は食べるんだろう。自分一人で行っても意味がない。白雄がいないと、山のどこに死体があるのかわからない。

顔を右に傾けると、白雄と目が合った。こっちを見ていたんだろうか。「明日……」言いかけたところで、スマホの着信音が響く。アプリの電話で、松崎もスマホに反応するも、かかってきたのは自分のだ。画面には「芽衣子」と表示されている。自分ちのビルの三階、内装工事中のマッサージ店に居候しているホームレス女子だ。

「はい、和樹だけど、どうしたの？」

『ミャーは元気で～す。ごはんいっぱい食べたにゃーん』

芽衣子の明るい声が響く。

「あ、そう」

『えーっ、何。テンションひっく。せっかくにゃんこの近況報告したげたのに』

心配もしてないし、連絡も頼んでないが、一応「ありがとう」と礼を言っておく。白雄と二人で出掛けて留守になるので、芽衣子には飼い猫ミャーの世話をお願いしていた。

『ビデオ通話にしてよ』

別にビデオでなくても……と思いつつ切り替えた途端、スマホ画面に大きくミャーが映った。芽衣子に抱っこされて、軽く左右に振られるミャーは、迷惑そうな、しかし何かを悟り、諦めきった虚無の顔をしている。

「あっ、ミャーじゃないですか」

風呂上がりの三井が、和樹のスマホ画面を覗き込んでくる。

『あっ、三井～』

芽衣子がミャーの右手を持ってふりふりする。

『何かお土産、買ってきて』

芽衣子からのいきなりのリクエストに、三井は「あっ、はい。わかりました」と生真面目に答える。

『八ッ橋はNGだから。私、あれ嫌い』

嫌いな物を事前に言ってくるあたり、芽衣子はちゃっかりしている。

「何の話してんすか？」

松崎もにじり寄ってきて、スマホ画面を覗き込む。芽衣子は何が面白いのかキャハハッと笑ったあと『門柱は？』と聞いてきた。

「門柱って何すか？」

松崎が首を傾げる。

「ポリさんは今、露天風呂に行ってるよ」

門柱がポリさんのあだ名だと知っている三井が答えてやっている。はっきり口にはしないが、ポリさんは芽衣子につけられたそのあだ名を、芽衣子だけが使っているそれを多分、嫌がってる。けど芽衣子は「門柱」と呼ぶのをやめない。

『えっ、露天風呂いいな。今度、私も誘ってよ』

「これ、一応仕事だからさ」

そう言う自分の隣で「そうっした」と松崎が頷く。

「地下アイドルのライブとか世界が違いすぎて、ぼーっとしてたっす。光ママの件、何かわかったんすか？」

言葉に詰まる。いつかは話すことになるとしても、それは今じゃない。聞いた自分がこれだけメンタルやられるんだから、今話してみんなの気持ちを落とすこともない。明日でいい。だから「蔵でショーはしてたみたいだけど半年ぐらい前の話だし、それ以上のことはなんもわかんなかった」と嘘をついた。「え〜、そうなんすか」と松崎ががっかりした顔をする。そのタイミングで引き戸が開き「ただいま帰りました」とポリさんが部屋の中に入ってきた。

「大変気持ちのいい露天風呂でした。少し混み合ってましたが。朝にもう一度、行ってみようと思います」

『あっ、門柱〜』

湯上がりで赤ら顔、力のぬけた顔をしていたポリさんが、芽衣子の声が聞こえた途端、目を大きく見開いた。キョロキョロと左右を見渡す。それが通話だと気づくと、自分はいないとばかりに首を横に振り、入り口付近で直立不動になった。

『あれっ？　門柱は。声してたのに』

「トイレ行った。時間かかるってさ」

適当に嘘をつく。芽衣子は『だっさ』とカラカラ笑い『あいつ、私のこと意識しすぎだと思うんだよね』とミャーを抱き締めた。

「そうなんすか？」

立ち尽くすポリさんをチラと見て、松崎が画面を覗き込む。

『松崎、あんた近すぎ。鼻の穴まで見えてるっての。門柱はね、私のこと意識してるくせにシャイだから、じれったいんだよね。私がこれまで付き合ってきた男ってキツイのが多かったから、そういうの新鮮でさ〜』

松崎が振り返り「そうなんすか？」と、ポリさんではなくこっちに確認してくる。

「それは……」

話をしているうちに、スマホに映っている芽衣子の顔が揺れはじめ、コマ送りみたいにカクカクしてきた。声がところどころ音飛びして『充電、やば……』を最後に、ブツッと通話が途切れた。

「切れたっすね」

「話の途中だったけど、まいっか。ミャーの現状報告だけだったし」

スマホを畳の上に置く。通話が終わったとわかったからか、ポリさんがおそるおそる近づいてくる。

「芽衣子ちゃんのこと、好きなんすか？」

松崎にズバッと聞かれ、ポリさんは「いいえ。俺が愛しているのはゆかりんだけです」と即答する。

「あの人は、なぜだかよくわかりませんが、俺に好かれていると思い込んでいるんです」

真剣なポリさんを横目に、松崎は「へーっ」と布団に寝転がる。奴の左脚の膝から下が、人の布団を領空侵犯している。

「あの子、かわいいっすけどね。ピアスがエグいけど」

「俺はピアスをしている女性が苦手です」

ポリさんは頑（かたく）なだ。

「芽衣子ちゃんは顔の中心にピアスをしてるから、どうしても目がいって気になっちゃいますね。段々慣れてはきたけど」

三井が苦笑いする。芽衣子が三階に居候して十日以上経った。暇なのか二階の法律事務所と四階の捜し物屋に頻繁にやってきて、三井や徳広と話をしている。三井によると「はっきりものを言うけど裏表のない人なので、話をしてて楽ですね」と意外と相性はよさそうだ。

「ポリさん、ロマンスの気配っすか。いいすねぇ」

松崎がごろっと寝返りを打つ。今度は体の半分が人の布団を侵食してきて、その気配が暑苦しくてちょっと距離を取る。

「ロマンスじゃありませんし、これからロマンスに移行する予定もありません」

ポリさんは力強く言い切る。

「あの子が金髪でギャルっぽかったら、俺いけるんすけどね。ちょっと中二病っぽいのがアレすけど」

そういえば松崎はギャル系がタイプだった。そんな情報、記憶してなくてもいいのに覚えている。

「あっ」

三井がスマホを握り締めたまま、声をあげる。

「ポリさん、アネ7のSNSが更新されました！」

ポリさんが無言のままダッとスポーツバッグまで走り、中からスマホを取り出した。

それを覗き込み「オフショットの数が凄い。ゆかりん、尊い」とうっとり目を細める。

松崎は「アイドルより現実のほうがよくないっすか?」と小声でぼやき、人の布団を侵食したままスマホを見始めた。ギャアギャア騒がしいけど、そういう空気の中にいると、落ち着く。今はうるさいぐらい賑やかなほうがいい。

騒々しいのに、少し眠気がくる。俯せになって目を閉じているうちにいつの間にか寝てしまい、目覚めると周囲は暗かった。スマホを見ると、午前二時。周りではスウスウ、グーグーと何種類かの寝息がハモッている。

冷房が寒くて、布団の中にモゾモゾと潜り込む。目を閉じ、眠りの続きをたぐり寄せようとするも、光の母親の話が頭の中でグルグルしはじめて目がさえてくる。おしっこがしたくなってトイレに立つと、もう眠れる気がしなくてそっと廊下に出た。流石に夜中までライトアップはしていないが、月明かりで裏庭はぼんやりと明るい。自分に、幽霊は視えない。けど白雄は視える。古いこの庭にも、何かいるんだろうか。幽霊とか、念とか、いろいろなものが……。

ガラッと引き戸が開く音にギョッとして振り返る。部屋から出てきた相手も驚いて立ち尽くした。

「和樹さん、どうしたんですか?」

「いっぺん目が覚めたら、もう眠れなくなってさ。ポリさんは?」

「喉が渇いたので、何か飲み物が欲しくて。フロントの近くに自販機があったなと」

「あっ、いいな。俺も行こ。財布……」

部屋に戻ろうとすると、ポリさんが「おごりますよ」と言ってくれたので、甘えてのこのこついていく。フロントは明るく「ご用のある方はベルを鳴らしてください」という案内板とベルが置かれているだけで、人はいない。

自販機で炭酸ジュースをおごってもらい、フロント前のロビーに入る。天井の明かりは消されていたが、間接照明がついていたのと、月明かりが入ってくるのでそこそこ明るい。窓際に置かれた椅子に腰掛け、冷たいジュースを一気に飲む。炭酸が体の中心にじゅわっと染みこむ。

「そういえば光君のお母さんの件、何かわかりましたか？」

ポリさんも自分と白雄がこの旅館に泊まったのは、母親捜しのためだと知っている。

「和樹さんに元気がないように見えて、心配だったんです。俺の気のせいならいいんですが」

心がぐらっと揺れる。一人で光ママのことを抱え込むのは辛い。共感性に乏しくて毒を吐く白雄と二人だけじゃしんどい。自分のことを信じて、協力し手伝ってくれる人がほしい。

ポリさんに話してみようか。以前、ポリさんに、霊感で捜し物をしていることを幾分ぼやかして話をした時、自分は視えないと言いながらも、拒否反応を示すことなく、そういうこともあるんでしょうね、ぐらいのスタンスで受け入れてくれた。学生時代、霊関係の話題を口にした途端「気のせい」とか「俺は信じてないから」と言ってシャットアウトしてくるタイプが一定数いた。中には「霊感とか凄いね」と口先ではそう言いつつ全く信じていなくて、裏で「あいつ変なんだよな」と笑ってる嫌な感じの奴もいた。けどポリさんはそういう奴らとは多分、違う。

周囲と上手くやっていこうと思ったら、白雄の霊感の件は話す相手を慎重に選ばないといけない。ポリさんはきっと大丈夫だし、何より今、自分が助けを求めている。重苦しい気持ちをわかってほしいと思っている。

「……あのさ、これから言うこと信じてくれる？」

「ええ、はい」

何が、と聞かずに「はい」と答えてくれるのが嬉しい。告白を後押しする。

「俺らさ、捜し物屋をやってるじゃん。あれって白雄が人の持ち物に触って、そこからあれこれ読み取って、どこに何があるかって捜してるんだ。俺は霊感とか全然ないけど、白雄は幽霊とかもバンバン視えててさ」

ポリさんは「バンバンですか……」と戸惑い気味に反芻する。

「ここの旅館で、光ママが泊まってたっていう部屋に入って、白雄がいろいろと読み取ってたんだ。そしたら、その……光ママは事故っぽい感じで亡くなって、埋められたってわかって……」

ポリさんが大きく息を呑むのがわかった。腕組みし、しばらく押し黙ったあと「それは、本当ですか？」と落ち着いた静かな声で問い返してきた。

「白雄はそう言ってた。この宿の裏から行ける山に埋められてるから、近くに行けばわかるって。だから朝になったら捜しにいこうと思ってる」

ポリさんは「そういうことですか」と頷いた。あのさ、一緒に来てもらっていいかな、とお願いしようとした時だった。

「その捜索に同行させてもらってもいいでしょうか。本当に見つかった場合、お二人には荷が重いでしょうから」

「あっ、けど……」

「仕事柄、俺のほうが的確な対応ができるかと思います」

仕事を受けたのは自分なのにポリさんに迷惑をかけてしまうのが申し訳ない。けれどポリさんの指摘どおり実際に遺体が出てきてしまったら、自分じゃどうすればいいのかわからない。

「本当にいいの？」

「気にしないでください。光君の件は、俺も気になっていたので。あぁ、もう三時になりますね。そろそろ部屋に戻りましょうか。和樹さん、寝られそうですか」

どうだろうなと思いつつ、心配させたくなくて「多分」と答えておく。

「亡骸を捜すとなると、気分も沈みますね」

優しい言葉に胸がフッと緩み、泣きそうになる。優しくて頼れる存在に、心底ほっとする。

「ポリさんが来てくれて、ほんと感謝だわ」

心からそう告げる。ポリさんは「本職ですから」と小さく笑っていた。


散策と言えば優雅だが、三十分コースのルートでも山道の傾斜がけっこうきつい。日陰が多いので涼しいかと思っていたのに、五分も歩くと全身がじわっと汗ばんできた。

散策する人が多かったら面倒だなと危惧していたが、今のところすれ違ったのは高齢の男女が一組だけ。チェックアウトまであと三時間もないし、山をウロウロする客はいないのかもしれない。もしくは早朝に歩いて、一風呂あびて飯を食い、今は部屋でゆっくり寛いでいるとか。タイムスケジュール的にはそれがベストだ。

昨日は東京から京都まで、途中で白雄と何度か交代したとはいえ、何時間も運転した後でライブに参戦したポリさんだが、自分の前をゆく足取りは軽い。

「ポリさん、体力あるね」

前を向いたままの現職警察官から「そうですか」と返事がある。

「実家が田舎なので、害獣駆除のために今もたまに山に入ります。それもあって慣れているのかもしれません」

健脚が足を止め、振り返った。

「あとどれぐらい登る感じでしょうか？」

そう聞いてくる。白雄の顔を見ると、唇が『もうちょっと』と動いた。

「あともうちょっとだって。って、そうなの？」

白雄がこくりと頷く。まだ歩き始めて十分だ。死体を埋めるのだから、宿から離れた山の奥を想像していた。

「人は重たいですし、担いで移動したのなら、それほど離れた場所までは運べないだろうと思います」

頭の中に浮かんだ疑問に、ポリさんが答えてくれる。説明されると、それもそうかと納得せざるをえない。

……朝食の時に、チェックアウトまでに少しだけ山を散策してくると切り出した。松崎は「どーぞ」と興味なさそうで、三井は「俺も行こうかな」と来たそうだったが「やっぱり体力的に無理かも」と部屋に残ることになった。三井と松崎には、遺体捜しとは伝えていない。光の母親の話をするのはチェックアウトしてから、いや東京に戻ってからでもいい。

白雄は午前六時と早起きして、朝の露天風呂へ入りにいった。話がしたくて寝不足のまま自分もついていったら、朝風呂を狙っていたポリさんもやってきた。絶妙のタイミングで、警察官であるポリさんのアドバイスが欲しいから、捜索を手伝ってもらうつもりだと話した。嫌がるかなと思っていたけど、白雄は無表情のまま「わかった」とばかりに大きく頷いた。

山歩きは地味にしんどいし、事が事なだけに楽しい気分にはなれない。とはいえ重苦しい空気に耐えきれず「ポリさん、売店で何買ってたの?」とわざと明るく聞いた。

「職場へのお土産に八ッ橋を。あの宿オリジナルのものがあったので」

「八ッ橋、俺わりと好き。けど芽衣子は八ッ橋が嫌いって言ってたな」

「そうですか」とポリさんの口調が硬くなる。あまり相性のよくなさそうな二人。芽衣子の話題はNGかもしれない。道が少し広くなって、広場のような場所に出た。脇にベンチが置かれ、南側が開けて宿の全貌が見える。

白雄は見晴らしのいい南側ではなく、鬱蒼と草木が茂る山側を見ている。あらぬ場所にじっと視線を向けるその目には、今、何が視えているんだろう。ポリさんも気になるのか、そんな白雄の様子をちらちらと窺っている。視線が山側からフッと外れたタイミングで「あのさ」と声をかけた。

「お前に霊が視えるってこと、ポリさんには話してあるから」

白雄は『ふうん』とまるで他人事のような相槌を打つ。

「警察官にも、幽霊が視えるという者はたまにいるんですよ」

ポリさんが白雄に話しかける。霊能力を理解していると地味にアピールしてくれている気がする。

「そういえば白雄さんは霊が視えるほかに、物に触れて読み取る力があると和樹さんに聞きました。凄いですね」

白雄が『どうだろう』とでも言いたげに、曖昧に首を傾げる。

「ひょっとして未来を予知したりできるんですか？」

問いかけに、白雄の口が『できない』と動く。返事を待ってるポリさんに「できないって」と伝えると「そうですか」と苦笑いしていた。

「今後、ゆかりんと本当につきあえるかどうか知りたいなんて、この場において不謹慎ですよね。ただゆかりんは俺というファンのことを認識してるかどうか、いつもライブに来てるな、ぐらいでも覚えてもらえていると嬉しいんですが」

ポリさん、ガチだと確信する。「これ、ゆかりんが手売りをしていて、直接買ったんですよ」とポリさんは首にかけている真っ黄色のタオルを摑んでみせた。白雄はスイッとポリさんに近づき、タオルの端を鷲摑みにする。それも一瞬で、こちらに首を傾げて

『覚えてない』と答えた。

「あっ、あの?」とポリさんは戸惑いの表情だ。白雄はリーディングをしたがその結果を……記憶にもないとは伝えづらい。戸惑っている間に、白雄の唇が『芽衣子』と動いた。

『結婚するかどうかわからないけど、ポリさんは芽衣子と縁がある』

思わず「嘘だろ!」と叫んでいた。言えない。ポリさんには言えない。少なくとも、今は言わないほうがいい。

「白雄さん、何か言われてますか?」

「えっと……よくわかんないって」

ポリさんはがっかりした表情になるも「まぁ、ゆかりんとどうこうっていうのは、あくまでドリームですから」と苦笑いしていた。

「行きましょうか」

ポリさんが歩き出す。白雄が自分の隣に来て、汗ばんだTシャツの背中に指先で触れてきた。

「……嘘つき」

ポリさんには聞こえない、囁く声。

「和樹は、嘘つき」

自分の中から出てくる、責める声から逃げるために一歩前に出たら、バンッと背中を叩かれた。白雄が自分を追い越して、ポリさんの腕を摑む。ポリさんの口を使うのかとギョッとしたが、違った。引き止め、そして右のほうを指さす。そこにはロープが一本張られていた。「関係者以外、立ち入り禁止」の札がついている。禁じてはいるが、ロープを跨げば誰でも入れてしまうので抑止力は弱い。よくよく見れば、ロープの向こうに道らしきものもある。

「そちらなんですか？」

ポリさんの問いかけに、白雄がはっきり頷く。そしてロープを跨ぎ、奥へと入っていく。人がいないか周囲を確かめた後でポリさんも続き、自分もその後ろからついていった。

先頭を行く白雄の足には、迷いがない。十メートルほど行くと、水の音が聞こえた。黒い柵が見え、その奥にゴポゴポと水が湧き出ている。柵の手前に「個人の所有により、取水を禁ず」と札があった。

白雄はその手前で左に曲がった。ガサガサと草むらに分け入り、足を止める。『ここ』と指さされた地面はただの草むらで、周辺と何も変わったところはない。

ポリさんが真剣な表情で、周囲を見て回っている。そして木切れを拾ってくると「少し掘ります」とこちらに告げた。

「ちょっとでもそれらしいものが出てきたら、やめます」

ポリさんは、まずまわりの草から引き始めた。何か自分も手伝わないと、という気になって草を握ったところで、カツンと指に硬いものが触れた。瓶だ。ウイスキーの小瓶。偶然とは思えない。目印として、わざと置いたんだろうか。

五十センチ四方ぐらい草を引いて土を裸にしたところで、ポリさんが木切れを使って掘り返していく。そのポリさんの手を、白雄が摑む。

「えっ、何でしょうか？」

白雄がポリさんの手を摑んだまま、もう少し右に動かしてゆっくりと地面に突き刺す。そしてこっちを見て『ここのとこが、頭』と口を動かした。背筋がぞわあっとするが、多分教えたくて、白雄は自分を見たのだ。

「その下が頭っぽい……」

ポリさんの顔が強張る。そして「わかりました」と突き刺したそこを、木切れで少しずつ掘りはじめた。白雄は一歩引いてポリさんを見ている。けど、手伝えとは言えない。だから近くに落ちてた木切れを拾って、自分が手伝う。

「和樹さん、大丈夫ですか？　無理そうなら下がっていても……」

「よく考えたら、俺ホラー映画とか大丈夫だった」

強がって、ポリさんが掘り返した場所に木切れを突き立てる。掘りづらい。スコップか何かあればよかったのかもしれないが、急遽決まった捜索なので、何も準備できなかった。

どうして自分は、こんなことをしてるんだろう。いや、それを言うのはポリさんだろう。こんなことに付き合わされて……掘り返している木切れが、何かに引っかかった。引っぱったらブチッと鈍い音がする。木の節のところに、何か細いものが絡まっている。細い糸のような、金色の……。

それが何なのか。気づくと同時に木切れを取り落としていた。白雄が背後にやってきて、人の腰に手を置く。自分の口が「「みぃつけた」」と動いた。

「「光のママ、みぃつけた」」

昨日からずっと雨が降っていて、湿気を嫌う白雄のせいで、家中の除湿機がフル稼働している。捜し物屋の事務所も、除湿が効いて肌寒いほどだ。

スマホのネットニュースを開くと、トップに五つの見出しが出てくる。そこの真ん中に『山中に白骨化した遺体』というｎｅｗがついた記事がある。

クリックすると、概要が読める。『京都の山中で女性の白骨死体が発見され、警察は死体遺棄事件として捜査し、身元の判明を急いでいる』というものだ。

多くはないけれど、たまに見る。恋愛絡み、金絡みが疑われる殺人。これといって特徴のない事件。自分が関わっていなければ、すぐに忘れてしまうような断片の集合体。

事務所のソファに俯せに寝そべっていたせいで、ミャーが背中の上に乗ってくる。四本の足の重力が重いと思っていたら、すぐにべたりと面の重量になった。夏なのに人の熱を座布団にしている。鬼除湿で、こいつもちょっと寒いのかもしれない。

……三日前、光の母親の遺体が埋められているのを確認して、山を下りた。宿をチェックアウトしたあと、ポリさんは宿の最寄り駅の近くに車を止め、絶滅危惧種になっている公衆電話から匿名で『犬を連れて山を散歩していたら、突然犬が走り出して、そこで人間の死体のような物を見つけた』と警察に通報してくれた。

白雄のリーディングで発見したと説明しても警察には理解してもらえそうにないのと、こちらが痛くもない腹をさぐられかねないので、匿名の通報にした。こんなざっくりした通報でいいのかと思ったが、ポリさんは「殺人事件の可能性があると判断されるので、大丈夫です」と断言した。ポリさんの言っていた通り捜索が行われ、母親は見つかり、死体遺棄事件として全国ニュースになった。

三井と松崎には東京に帰り着いた時点で、宿の裏山で光の母親らしき金髪の遺体を見つけ、今後は警察に任せるために匿名で通報したことを伝えた。

「駅前で車止めたの、ソレだったんすか。公衆電話とか、何やってんだろうと思ってたんですよ。てかそれよりマジで光ママ、見つかったんすか？　昨日は手がかりなしとか言ってたじゃないすか！」

旅の間、緩く構えていた松崎が、話を聞いた途端に青ざめ、頭を抱えた。

「それ、何かの間違いってことないすか。人違いとか……」

そう口にした後で「金髪の遺体が、そういくつもあるわけじゃないすよね」と声のトーンを落とした。

「光君には、どうやって伝えるんですか？」

三井に聞かれ、ポリさんは「そのうち警察から光君に連絡がいくと思います」と答える。三井は「そっか、そうですよね。もう自分たちの手におえることじゃないですよね」と目を伏せた。松崎に「山にあるって、どうしてわかったんすか？」と聞かれ、面倒くさかったので「霊感ピッピ」と皮肉もこめて返すと、黙り込んだ。

ポリさんは「司法解剖でいろいろ鑑定した結果、外国人、女性で金髪となると、全国で行方不明者届が出てる数も多くはないはずですから、すぐに被害者の身元が割り出されると思います」と話していた。警察から光への連絡、それがいつになるのかは、まだわからない。

山から遺体が出てきたことで、散策コースを売りにしている宿も真っ先に宿泊記録を調べられる。そのうちに死体を遺棄した縛師兼恋人も見つかるんだろう。

バッタンと大きな音がして、事務所のドアが開く。背中の上のミャーがむくりと起き上がる。

「和樹、ごはん、ごはんちょうだい」

キャミソールに短パンと露出度の高い芽衣子がピイピイと鳥みたいに騒ぎながら近づいてくる。ホームレス女子の芽衣子は、三階の内装工事中のマッサージ店の居心地がよかったらしく「マッサージ店の受付で雇ってよ、住み込みの条件で」と迫ってくる。白雄の見立てだと、芽衣子についた生き霊はまだ生々しく本人に巻き付いているらしく、一人にするのがちょっと危険らしい。

「自分で勝手に作れよ。冷蔵庫の中のもの、好きに使っていいし」

「料理嫌い。あんたのほうが上手いんだから、そっちがやってよ」

芽衣子の言う上手いは、冷凍餃子を焼くとか冷凍チャーハンを温めるとかそのラインになる。ちなみに白雄の料理レベルは芽衣子にとって神だ。面倒くさくなって「牛丼、食いに行く?」と聞いたら「おごってくれるなら」ときた。そういえば牛丼の半額券があったなと思い出し「仕方ないなぁ」とむくりと起き上がる。すると隣に芽衣子が勢いよく腰かけてきて、こっちの体がちょっと弾んだ。そんな芽衣子の膝の上に、ミャーがぴょんと飛び乗る。芽衣子が「愛いやつ~」とミャーに頬ずりする。

「そういえばさぁ、京都の山ん中で見つかった白骨死体って、和樹たちが捜してた外国人の緊縛モデルじゃない?」

ギョッとする。芽衣子には、詳しいいきさつは何も話していない。

「ネット記事見たら、現場って天保旅館の近くじゃん。もしかしてって思ったけど、やっぱそうなの？」


誤魔化すのも不自然かと思い「多分、そうじゃないかな」と曖昧に逃げる。

「そっか。やっぱ殺されてたんだ。確かその緊縛モデル、子供いたよね。子供がかわいそう」

　芽衣子はかなりぶっ飛んでいて図々しいけれど、多分根は優しい。

「そうだ、あとさぁ～」

　芽衣子がスマホをタップして、体を寄せてくる。

「天保旅館を検索してたら、あそこのもとの持ち主っていう市長の記事が出てきたんだ。顔を見て笑っちゃった。白雄にめちゃ似てるの」

　芽衣子がスマホを差し出してくる。画面を見てギョッとした。木々が折り重なる庭、ひょうたん型の池の向こうにある石灯籠、その横に立っているのは、白雄だった。いや、違う。もっと歳を食ってる。オッサンだ。五十過ぎのオッサンの写真なのに、白雄に激似だ。目の形、輪郭、唇の薄さ……トレースしたみたいにそっくりで気持ち悪い。そしてこの場所に、白雄も立っていた。これは未来の写真か？　そんな訳がない。

「世界には自分と同じ顔が三つあるって聞いたことあるけど、他人でもここまで似てると凄いよね。あ、もしかしてマジで親戚だったりする？」

芽衣子は自分と白雄が兄弟でも、血の繋がりがないことは知らないはずだ。もしかしたら徳広か三井から聞いているかもしれないが、自分からは話していない。そして……記憶をたぐる。自分の家は父親が死んで母親はシングルマザーになった。白雄の家はどうだった？　死んだと聞いたことはない。じゃあ離婚？　それとも認知されてないのか？　そういうことを、今まで気にしたことはなかった。兄弟になった時も、白雄の本当の父親のことなんて考えたこともなかった。話しているのを聞いたことも、こちらから尋ねたこともない。父親は絶対にいるはずなのに、白雄に父親の影はみじんもなかった。白雄の父親は、どこの誰だ？　生きているのか、それとも死んでいるのか。仮にもし生きていたとしたら……。

もしかして、と気づく。だから嫌がったんだろうか。京都に行くのを、あそこに行くのを嫌がったんだろうか。いや、まだそうと決まったわけじゃない。白雄の父親だと決まったわけじゃない。そしてこの男が父親だからといって、何も変わらない。多分……。

「あんた、大丈夫？　顔青いけど」

もし、この写真の男が白雄の父親だとしたら、自分はとてつもなく残酷なことをしてしまったんじゃないだろうか。白雄は物に触れたら読める。父親と縁のある場所なら、父親のことを、何を考えていたかを、その能力を使って読むことができたかもしれない。

本人に確かめたほうがいいんだろうか。白雄が言わないということは、言いたくないんだろうか。白雄が話すまで待ったほうがいいんだろうか。どうしよう、どうすればいいんだろう。

黙り込んで丸くなった自分の周囲を「急にどうしたの。お腹でも痛いの？」と困った時のミャーみたいに、芽衣子はしばらくウロウロしていた。

エピローグ1

松崎伊緒利のエンドマーク

昼過ぎの電車は、朝のラッシュアワーが嘘のように人がまばらで視界がスカスカと抜ける。そのせいなのか、電車を乗り降りする人の動きもワンテンポ遅く感じる。

松崎伊緒利はがら空きの座席に座り、イヤホンをつけてさっきまで打ち合わせをしていたラッパーのバトル動画をスマホで検索した。

逮捕歴が二回ある半グレラッパーの自伝を雑誌に連載し、まとまったら本にする予定だ。実物もクールだったが、バトル動画だと更にかっこよさがマシマシで「神か」と惚(ほ)れ惚(ぼ)れする。

川崎から出版社の最寄り駅までは、少し時間がかかる。首筋にあたるガラス越しの日差しをクッソ暑いな、けど立って移動するのめんどくさ……と思いながらウトッとしかけたところで、イヤホンから着信音が響いた。体がビクッと震える。

表示されていた番号は、毎晩電話している児童養護施設。ここから光本人が掛けてくることはない。となると……嫌な予感がする。周囲に人はいないものの、何となくドアの付近まで移動して電話を受けた。

「はい、松崎っす」

『いつもお世話になっています。すずらん園の近藤です。あの、すみません、ひょっとして光がそちらにお邪魔してないでしょうか』

いつもより早口で、焦っている雰囲気がビシビシ伝わってくる。

「今、仕事で家にいないんすけど、光がどうかしたんすか？」

『実は昨日、警察から連絡がありまして……』

近藤の声のトーンが下がる。

『直接伝えたわけではないんですが、本人に知られてしまって』

予感的中に、松崎の口から「あーっ……」と落胆が漏れ出す。

「光に話す時は俺も同席させてほしいって、お願いしてたかと思うんすけど」

ついつい責める口調になる。

『ごめんなさい。警察からの報告を受けて、いつどうやって光に伝えるか職員同士で話をしていたのを園の子が偶然聞いてしまったらしくて、先に光に話してしまったんです。光は絶対に違うと言い張ってその子と大喧嘩になって、職員が仲裁している間に園を飛び出してしまって。すぐに追い掛けたそうなんですが、途中で見失ってしまったと。今、職員総出で探しているんですが……』

考えうる限り最悪のパターンだ。職員同士の話を聞かれたとか、うっかりにも程がある。そういうの、もっと気をつけてほしかったんすけどね……とため息をつくも、今となってはもうどうしようもない。

「わーりました。俺もいっぺんアパートに帰ってみるっす。もし光がいたら連絡するんで、そっちも見つけたら教えてください」

電車が停車する。ちょうど自宅の最寄り駅に止まる路線の乗換駅で、慌てて飛び降りた。乗換ホームまで自然と早足になる。ここで急いだからといって鈍行が急行になるわけではないとわかっていても、気が焦る。

帰社して片づけようとしてた仕事は、今日中にやらなくても大丈夫なやつだ。もし帰ってても自分の家に来てなかったら、行きそうなトコといえば間山センセの事務所ぐらいしか思いつかない。もしそこにもいなかったら……不穏な妄想を投げ捨てる。光は猛烈な母親大好きっ子だが、思いあまってとかそれはない。多分ない。ないと……思いたい。

電車が一駅、一駅停車するその愚鈍さにムカムカする。最寄り駅に着き、改札を出ると同時にアパートまでダッシュする。こんなに走るのは、学生の時以来かもしれない。あっという間に息があがる。肺が痛い。

ようやくアパートが見えてきた。限界を訴える両足を叩いて階段を駆け上がる。外廊下の突き当たり、自分の部屋の前に誰かいる。薄茶色の髪の子が、膝を抱えて丸くなっている。ピンクのTシャツに膝下までの水色のパンツ、その上に白いチュールのスカート姿で、靴はピンク。自分が買ってやったスニーカーだ。間違いない。確信すると同時に「はあっ」と息が漏れ、膝から崩れ落ちそうになるほど安堵した。

「おい、光」

ゆっくりと近づきながら、声をかける。寝起きかってぐらいグチャグチャな薄茶色の髪が、ブルッと揺れる。俯けていた顔を上げ、どんよりした目が松崎を見上げてくる。

「……ママは」

ピンク色の唇から、か細い声が漏れた。

「ママは、いつ見つかるの？」

自分が唾を飲み込むゴクリという音が、耳につく。先週、光の暮らすすずらん園に「京都で発見された身元不明の遺体が、行方不明者届が出されている光の母親である可能性が高い」と警察から連絡があった。

近藤から話を聞いた時、とうとうきたか……と胃の底がキリッと痛んだ。京都で光の母親と思われる遺体を見つけたのは、大きな声では言えないが霊感ピッピが発達しているらしい作家の間山センセ。光の母親だと身元が判明するのはもう時間の問題で、近いうちに連絡がくるだろうと予測していた。

真実を知った光は猛烈なダメージを食らうだろう。その時に、鳥の雛（ひな）が初めて見たものを親だと思うばりに、なぜだかわからないがメチャクチャ懐かれている自分が傍にいたほうがいい気がしていた。

「いつ和樹さんは、僕のママを見つけてくれるの？」

死んだ魚の目で聞いてくる。一歩一歩光に近づくごとに、自分も向き合う覚悟を迫られる。

「お前さあ、急にうちに来てどうしたんだよ」

光は松崎を見上げたまま、震えるようにブルブルと首を横に振った。何も言わない。言いたくないという顔だ。

「まぁいいや。とりあえず入れよ」

ドアの鍵穴に鍵を差し込む。開閉の邪魔になると気づいたのか光はドアの正面から左にずるずると腰をずらした。ドアを開けたとたん、熱気のこもった部屋の空気がむわんと外に押し出されてくる。全力疾走の余韻も相まって、全身からブワッと汗が吹き出す。

「部屋ん中、サウナんなってるわ」

冷房がすぐには効かないパターンだ。部屋に上がり、窓をあけて熱い空気を逃がしながら、冷房を最低温度ＭＡＸでかけた。

光は玄関まで入ってきたものの、靴を脱がずにその場に立ち尽くしている。

「こっち来いよ」

冷蔵庫から取りだしたサイダーのペットボトルを差し出しても、両手でギュッと自分のTシャツの裾を掴み、いらないとばかりに首を横に振る。そんな光の肘を掴んで部屋に上がらせる。光はふらふらと歩き、ベランダに続く窓の傍でへにゃりと横になった。ぐったりしているその姿を横目に、スマホを手に取った。施設の番号を呼び出し、タップする。

「あ、ども。松崎です。光なんすけど、ウチに来てたんで……」

勢いよく起き上がった光が「やだっ、やだっ、やだっ」と大声で叫び、生気と怒りのこもった目で松崎を睨みつけてきた。

「絶対に帰らない！　あそこには帰らない！　やだっ」

座卓の上の本やリモコンを掴み、投げつけてくる。それがなくなると本人が突進してきた。腹にタックルされて、その勢いと衝撃で後ろ向きに転び、スマホが手から落ちた。

「ママは死んでない。絶対に死んでない。ここに帰ってくる。絶対、絶対に僕を迎えに来るっ」

松崎の腹にくっついたまま、光が呪詛(じゅそ)のように繰り返す。警察の鑑定結果が出る前だったら、いくらでも「そうだな」と同意してやれたが、もう誤魔化せない。可哀想だと思うし、同情してこっちまでうるっと泣きそうになるが、大人の自分まで引きずられてちゃ駄目だ。光は多分、母親が死んでしまったことはわかっている。ただ受け入れられないだけだ。その事実を咀嚼するには、時間をかけるぐらいしか解決法は思いつかない。

親の死は、大人でも相当なダメージを食らうのに、小学生の子供となると想像もできない。

「お前のママ、死んじゃってたのか」

松崎の腹に顔をくっつけたまま、光が「ううっ」と怯えて威嚇する犬みたいに唸る。

「まぁ、信じたくねえよな」

しがみついてくる小さな指の力が、ぐうっと強くなる。

「お前の悲しさってのはさ、雰囲気ぐらいならわかるけど、モトんとこまで理解してやることはできねぇし、俺じゃどうにもしてやれねえんだよなぁ……おい、顔あげろ」

無視される。松崎は転がっているスマホを手に取り「バタバタしててすんません。ひとまず光はうちで預かってるんで」と告げて通話を切った。光は微動だにしない。もう一回「顔、あげろって」と口にすると、ようやくじりじりと頭が動いた。白目のトコはまっ赤で、口はぞうきんを絞り上げたようにひん曲がっている。

「泣け」

小さい頭が、ブンブンと左右に揺れる。

「ギャーギャー泣いちまえ」

「やだ！　死んでない。ママ、絶対に死んで……」

白い頬をぎゅっと強くつねったら「痛い！」と叫んだ。

「じゃあ痛いって泣け。悲しくって泣かなくていいから、痛いって泣け」

光の顔が、整った目鼻のパーツが一瞬にして崩壊した。

「痛あああぁぃ……痛ぁぃ……痛あぃようぅぅ……」

痛ぁぃ、痛ぁぃ……と叫び、光はしがみついたままギャン泣きした。背中をさすってやると、余計に泣き声が激しくなる。これ、下手したら児童虐待の疑いトカで通報されんじゃねぇの？　と一瞬胸を過るも、声を加減してくれとも言えなかった。

光は間欠泉みたいな泣き方をした。落ち着いて静かになったと思ったら次の瞬間、感情が爆発してギャーッと泣く。自分のお気に入りのTシャツは全力疾走の汗と光の涙でぐっしょりだ。今頃になって効いてきた冷房にも後押しされて、全身は冷え冷え。たまりかねて光をくっつけたまま立ち上がり、クロゼットの扉を開けた。タオルを手に取り、自分の腹と光の顔の間に押し込む。涙はタオルが吸い取ってくれるが、相変わらず光は自分にくっついて離れない。

ピンポーンとインターフォンが鳴る。離れたら死ぬといわんばかりだった光がバッと松崎から離れ、玄関までダダッと走った。

「ママッ」

開いたドアの隙間から見えたのは、施設の職員の近藤と中山だ。よろよろと二、三歩後退った光は、チーターに見つかったうさぎさながら、飛び跳ねるようにして部屋の奥に引き返してきた。

「すみません、ご迷惑をおかけして」

玄関ドアを押さえたまま、近藤が頭を下げる。電話でよく話をするのは近藤だが、中山とも面識はある。近藤は物腰が柔らかく、中山は口調がきつい。甘辛の職員コンビだ。

玄関に行き「いえ〜まぁ」と緩く挨拶する。

「本当に、本当に光が申し訳ありません」

近藤が何度も謝っている傍らで「光、帰るよ」と中山が部屋の奥に声をかける。普段はマイクの音割れみたいにビリビリした声の中山だが、今日は幾分、優しい印象だ。ただ当の本人、光は玄関に背中を向けたまま窓際でうずくまっている。帰る気配は一ミリもない。

「あのっすね、もう今日は仕事とかないんで、ってか家でできたりするんで、もうしばらく光、このままうちにいても大丈夫っすよ」

中山が「ありがとうございます」と固い声で返事をする。

「光にとって今が大変辛い状況だというのは、私たちも理解しています。けれど同じような境遇の子は、他にもいます。光だけ特別扱いをしていると、他の子たちに示しがつきませんので」

そうなのかもしれないが、かなり手厳しい。こっちまで凹みそうになる。光は施設で暮らしていて、慰めてくれる親族もいなくて、母親との思い出の場所で気のすむまで過ごすことすら許されない。松崎的には二、三日ここにいても全然かまわないけれども……。

「上がってもよろしいですか」と中山に聞かれて、駄目だと言えるわけもない。部屋に入り、光の背後に立った中山が「ほら、立って」と促す。

「お母さんのことは、お気の毒でした。けどあなたがここにいると、松崎さんの御迷惑になります」

ちょっ、ちょっと待った！　と心の中でツッコミを入れた。別に迷惑でもないし「いても大丈夫」と言っている。勝手にこっちの迷惑を捏造（ねつぞう）して理由にしないでほしいんすけど……と思いつつ様子をみる。ぶっちゃけこっちは素人で、職員には職員の教育方針？　みたいなものがあるのかもしれないので、下手に口は出せない。

「やだっ、帰りたくない」

光はうずくまったまま拒否する。「さぁ」と差し出された中山の手を、まるで包丁でも突きつけられたかのような怯えた目で見る。中山は何度も繰り返し声をかけていたが、そのうち言うことを聞かない、返事もしない子供にイラついたのか、中腰になって光の右腕を摑み、強引に立たせた。

「嫌っ、嫌っ」

光は細身なので、大人にパワー負けする。子供が嫌がって足を踏ん張っても、中山はぐいぐい引きずっていく。

「伊緒利ちゃん、伊緒利ちゃん」

摑まれてないほうの手が、助けを求めてこっちにのばされる。もうちょっと、もうちょっと光の気持ちが落ち着くまで待ってくれてもいいんじゃゃ……と思うものの、この場合、どうするのが正解なのかわからない。

玄関に向かって引きずられていた光が、廊下の脇にあったシンクの角を両手で摑んだ。抵抗を感じたのか、中山が振り返る。

「手を離しなさい」

光は言うことを聞かない。離さない。

「近藤さん、光の手を離して」

自分同様、成り行きを見ていた近藤が、そろそろと近づいてきて、シンクの端をがっちり摑んだ光の手、指をいっぽんいっぽん外していく。「やあっ、やあっ」と拒否していた光は、全ての指が離れた瞬間「ぎゃああああああっ」と耳をつんざくような悲鳴をあげた。

声に驚いた中山が手を離す。光は部屋の奥に猛ダッシュし、松崎の腹に弾丸の勢いでしがみついてきた。中山と近藤が松崎から引き剝がそうとすると死ぬ間際の鶏みたいな悲鳴をあげ、両足をばたつかせて暴れる。まるで制御不能の電動草刈り機だ。触れない。

「やだっ、やだっ、やだっ、帰らない！　死んでも施設には帰らない。絶対に帰らない！」

ライオンのように吠え、暴れ回る光が右足を大きく蹴り上げる。それが中山の顔を掠めて、肩口にガツンと入った。その瞬間、中山の表情が変わり、指が食い込むほど強く光の腕を摑んだ。光の目がぐわあっと大きく見開かれ、中山に飛びかかるとその腕に嚙みついた。

「痛いっ」

中山が叫ぶ。松崎は慌てて光を背後から羽交い締めにした。「離せ」と顎を押さえても口を開かない。鼻を摘まむと、ようやく口をあけた。口を離しても、歯を剝いて威嚇する光に「人に嚙みつくんじゃねぇよ、お前はケモノか！」と怒鳴りつけた。

「おら、中山サンに謝れ！」

光の目は凶悪犯みたいに据わっていて、ちっとも反省してない。

「謝れないってことは、お前はケモノなんだな。猫か犬だな。そんなに嚙みつきたいなら、俺に嚙みつけ」

光の目の前に腕を突き出す。俯き加減に目を伏せ、嚙もうとはしない。

「お前は怒ったら、見境なく嚙みつく猫野郎なんだろうが」

光がぶるぶると首を横に振る。

「猫じゃないなら、謝れ。中山さんにごめんなさいって言え」

どうしても謝りたくなかったのか、光は松崎の腕にカプリと噛みついた。けどちっとも痛くない。腕を咥えてるだけで、力は入ってない。そして噛みついたまま「ふえっ、ふえっ」と泣き出した。抱っこすると、松崎の首にしがみついて「ごめんなさぁい、ごめんなさぁい」とあらぬ方向に向かって謝り始めた。

中山は歯形の残った腕をさすりながら腹立たしげに光を見下ろしている。悪いのは光とわかっていても、このあからさまな敵意は、松崎のメンタルにもギスギスと刺さる。正しいとか正しくない以前にこの状態じゃ光は施設に帰れない。無理ゲーだろ……そう判断して「あの～光、うちに泊めてもいいっすよ」と切り出した。

「ここは光が母親と暮らしてた部屋だし、思い出の場所にいたいって気持ちもわからんでもないんで。あ、俺は別にちっとも少しも一切迷惑とかじゃないんで」

一晩ここで過ごせば光も落ち着くだろうし、ナイスな提案じゃんと思ったが「たとえ顔見知りでも、親族でもない独身男性の家に小学生がいきなり外泊するというのは、園の許可が出ないと思います」と近藤は告げた。しかしこの状態で光を連れ戻すのは困難だとわかっているのか「私も一緒に、今晩だけ光に付き添うということならいけるかもしれません」と案を出してきたが、「他の子の世話はどうするの」と中山が尖った声で噛み付いた。

「今回ばかりは仕方ないと思います」

「業務を他の人間に割り振らなきゃいけなくなるでしょ。ただでさえ人数ギリギリで回してる状態なのに」

近藤と中山が言い争いをはじめてしまい、険悪な空気になりかけた時、ピンポーンとインターフォンが鳴った。

宅配か？　けど荷物は大抵、会社に届くようにしてあったはず……と思いつつ「はーい」と返事をすると『あら伊緒利さん、お部屋にいたの？』と母親の声が聞こえてきた。

「えっ、ママ？」

ガチャリとドアが開き、水色のワンピース姿の母親が姿を現した。昔から夏は淡い色のワンピースばかり着ている人だったが、それは五十代の今も変わらない。母親は、廊下に立っている職員二人を見て「あら、お客様？　もしかして作家先生ですか。私、お邪魔だったかしら」と首を傾げた。

「えっと、まあ、それはその……急にどうしたの？」

母親は息子と、息子にしがみついている子供に気づいた。そして「まあっ」と口に手をあてる。

「伊緒利さん、あなたそんなに大きな子供がいたの！」

「ちっ、違うって。んなわけないでしょ。前にこの部屋に住んでた子で、いっ、いろいろあってうちにいるんだよ。で、今日は何なの？」

気になるのか母親はチラチラと横目で光を見ながら「えっとね」と手にしていた緑色の紙袋を差し出してきた。

「お友達が主催している童話の読み聞かせ会に行ってたの。帰りにデパートに寄ったら、草媛屋（そうえんや）の麩（ふ）まんじゅうを売ってたのよ。あなた、好きでしょう」

母親が買ってくれる無添加、無農薬の安全食品の中で、唯一自分が好きだったおやつがこれだ。

「あ、ありがとう」

「あなたは仕事が不規則だから、いなかったら持って帰るつもりだったの。日持ちしないし。渡せてよかったわ。お知り合いの方にもご馳走してはどうかしら」

母親はフウッと息をつき「外はほんと、暑いわねえ」とハンドバッグから取りだしたハンカチでパタパタと顔を仰いだ。殺伐としていた空気が、妙な具合に間が抜けていく。そんなマイペースな母親に近藤が「あの、すみません。以前どこかでお会いしたような気がするんですけど」と声をかけた。母親は「そうですか？」と不思議そうだ。

「去年、はなけんと先生の絵本朗読会に参加されてませんでしたか？」

近藤の問いかけに、母親は「あぁ、はいはい」と大きく頷く。

「はな先生の『さくらとミツバチ』の朗読をしていました」

「あの朗読会、園の子供たちが招待されて、何人かで見に行ってたんです」

母親は「あれはとても楽しい朗読会でした」とニコニコしている。昔からボランティア活動に積極的、かつ絵本の朗読に力を入れている母親は、所属サークル主催の無料朗読会によく参加していた。

もしかして、コレならいけんじゃね？　閃いた。

「ママ、これから用事とかある？」

母親は「帰ってお父さんのご飯を作るだけだけど」と首を傾げる。松崎は二人の職員に「あの、俺のママもここに泊まるってことだったら、どうっすか」と二人の職員に提案した。

玄関口で職員二人と松崎、母親の四人で話をした。光の事情……行方不明だった母の死が判明し、それを受け入れられずに以前住んでいたこの部屋に戻ってきて、施設に帰りたがらないことを説明し、独身の自分と光の二人だけで泊まるのは難しそうだから、子育て経験のある母親に一晩だけここに泊まってもらえないかとお願いした。

「まだ小学生なのに、お母さんが……」

光の事情を聞いた母親は、体を震わせ涙ぐんだ。

「そういうことなら、私は何泊でも、光ちゃんの気がすむまでここに泊まるわ。お父さんは一人で何でもできる人だから、放っておいても大丈夫よ」

近藤と中山は迷っていたが、実際問題として小型爆弾みたいに暴れる攻撃的な光はとても連れて帰れなかったのと、近藤がボランティア活動をしている松崎の母親を知っていたことが決め手になり、施設と交渉して「特例」で一日だけ外泊を許可された。

翌朝迎えにくるということで、職員二人は帰って行った。光には「俺のママもここに泊まるからさ」と話をしたが、まともに母親を見もせず松崎にしがみつき、更に体を縮こまらせた。

「光ちゃん、こんにちは」

母親が挨拶しても、光はガン無視だ。

「俺のママは、別にお前のこと怒ったりしないぞ？」

そう言ってやっても、首を横に振る。母親は「急にしらないおばさんがきても嫌よね」と息子と光を少し遠巻きで見ていた。小学生で軽量とはいえ、ずっと膝の上に座られると重い。けど離れない。ちょい疲れたけど「そろそろ膝から降りてくんねえ」がなかなかに言いづらい。

「私はそろそろ晩ご飯の準備でもしようかしら」

呟き、母親はキッチンに向かう。そして勝手に冷蔵庫をあけ「あら」と声をあげた。

「伊緒利さん、野菜が何も入ってないわ」

いきなり食材チェックが入る。

「えっと、腐らせちゃうのが嫌だから、いつも食べきれる分しか買ってなくて……」

嘘だ。この部屋に引っ越してから、コンビニサラダ以外の生野菜を食った記憶がない。けど正直に話したら「それじゃあ駄目よ。お野菜を食べるということはね……」と、過去に何度も聞いたことがある「野菜の効用」を懇切丁寧に説明される。間違いない。

母親は「そうなのね。これじゃあ何も料理ができないから、買い物に行ってくるわ。駅前に、確かオーガニック系のスーパーがあったのよね」と出掛けていった。

二人きりになったタイミングで「光、膝からどいてくんねえ？　足がメチャクチャしびれてきたわ」と訴えると、無言で膝から降りてくれた。そのかわり今度は背中からコバンザメみたいべったりとくっついてきて、腹に手を回してくる。

「ちょっとその、トイレ行きたいんだけど……」

そこまで言って、ようやく腹に回した手が離れる。トイレに行き、すっきりしてドアを開けると、光が立っていて驚いた。正面からしがみついてきて、胸に顔をくっつけてスンスンと鼻を鳴らしてくる。

松崎が座ると、光も座る。小学生で親が死ぬのは不幸だし、可哀想だ。もし自分が子供の頃に同じ目にあったら、絶望の極みだっただろう。けれど自分は、健康食品を食わせる親にストレスを感じる他は、概ね幸せに生きてきた。光が経験している地獄はわからない。だから……正直、重い。この空気が、気持ちが。光は気持ちをわかってくれと言ってるわけじゃないが、傍で絶望オーラをバンバン放たれると、キツい。しかしこの状況で「ちょっとコンビニ、行ってくる」とは言えない。スマホを見たいが……見づらい。

一時間ほどで母親は帰ってきた。すると抱きついてくる光の腕がまた緊張して固くなるのがわかった。

「買い物から帰る途中で気づいたのよ。何が食べたいのか聞いてくればよかったって。私も間抜けよねぇ」

「別にいいよ。俺らイ……」

インスタントラーメンでもよかったのに、と言おうとして、慌てて口を閉じた。よくぞここで止めた、自分。声にしたら最後、体に悪い添加物説明コース十五分だった。確実に。

「なあに？」

「何でもないよ、ママ」

しばらくすると、台所から料理をする包丁のトントンという音が響きはじめ、米が炊きあがる何ともいえない香ばしい香りがふわんと漂ってきた。玉子の焼ける匂いと、ケチャップの甘い香りも。メニューは母親得意のオムライスっぽい。子供の頃、よく作ってくれた。

　三十分ほどで小さな座卓の上に三人分のオムライスと野菜サラダが準備された。午後六時半を過ぎて、辺りはうす暗くなってきている。

「さあ、ご飯を食べましょう」

　くっついてる光に「飯、食おうぜ」と声をかけるも、頭をぶるぶると横に振った。

「お前、腹減ってんだろ。昼から食ってないんじゃないか？　俺のママのオムライス、けっこう美味しいぞ」

　母親は光の横にやってきて「オムライスが好きじゃなかったら、他に何か食べたいものはある？　おばさん何でも作るわよ」と話しかけた。

「……なんにも、いらない」

　か細い声で、拒否する。

「けどお前、腹減ってんだろ」

「いらない」

　母親は「食べたくないならいいのよ。食べたくなったら、いつでも言ってね」と無理強いしなかった。だがしかし松崎自身は猛烈に腹が減っているので、母親手製のオムライスをガツガツ食った。チーズトロトロ、玉子が半熟でメガ美味い。光が離れないので、抱きつかれたままの体勢で食っていると、光が顔を上げて飯を食ってる自分をじっと見ていた。『僕が食べてないのに、どうしてお前が食ってるんだ』とでも言いたげな、そんな目に見える。グウゥッと、自分じゃない腹の音が聞こえる。

「光ちゃんも、食べる？」

そのタイミングを見計らったように、母親が勧める。それでも首を横に振る。けど光の腹は正直者で、本人の意志に逆らってグルルルッグルルッと盛大に空腹を訴える。

「一口だけでもどうかしら？」

母親が、光の口許にスプーンに乗せたオムライスを近づける。すると嫌というゼスチャーなのか、松崎の胸に顔をくっつけてきた。

「うちの子供たちは、みんな私の作ったこのオムライスが大好きなのよ」

「いらないいっ」

うるさいとばかりに、光が右腕をブンと振り回した。指先がスプーンにあたり、跳ねたそれが母親の右頰を直撃する。

「痛っ」

母親が頰を押さえる。

「ママ、大丈夫!?」

頰を押さえ、母親は「大丈夫よ」と苦笑いする。水色のワンピースに、卵の黄色とケチャップの赤が飛び散る。

「おい、おま……」

怒ろうとして、やめた。光の顔は青ざめ、口も半開きでカタカタ震えていたからだ。

「ご……ごめんなさい」

小さな声が漏れる。

「……伊緒利ちゃんのママ、ごめんなさい……」

母親はじっと、謝る光の顔を見て「そうね。おばさん、ちょっと顔が痛かった」と呟いた。

「けど謝らなくてもいいわ。そのかわりにおばさんの作ったオムライスを食べてちょうだい」

オムライス、嫌い？　と聞かれて光はブルブルと首を横に振った。母親は落ちたスプーンを洗ったあと、再びオムライスをすくって光の顔に近づけた。けど光は口を開けない。

「おばさんに悪いと思っているなら、食べてちょうだい」

どうしよう……迷いに迷った、そんな顔をした光がとうとう口を開ける。そこに母親がぐっとスプーンを押し込んだ。光はもぐもぐと口を動かし、飲み込む。すかさず母親が二口目のオムライスを顔に近づける。光は母親とスプーンを交互に見ていたけれど、ゆっくり口を開けた。それからは母親がスプーンを近づけるたび、鳥の雛のようにパカリと口を開けて、もぐもぐとオムライスを咀嚼した。皿の半分ほど食べたところで、光は「……おいしい」とぽつりと呟いた。

「食べたくないのに、おいしい」

ぐずぐずと泣き出して、母親は食べさせるのをやめた。そうして泣き止んだ頃「光ちゃん」と子供の名前を呼んだ。

「おばさんにハグして。スプーンが顔にあたって、とても痛かったの。おばさんに悪いと思ってるなら、ごめんなさいのハグをしてちょうだい」

光はスンスンと鼻を啜りながら、ようやく松崎から離れた。そしてぎこちなく母親に近づき、おずおずと両手をひろげてハグした。母親はそんな光をぎゅっと抱き締めた。

「光ちゃん、あなたは偉いわ」

母親に抱かれたままの光がビクッと震える。

「一人でずっと、寂しかったわよね」

光が大きく息を吸うのがわかる。そして「あうっ、あうっ」と変な声で泣き始めた。

「今も寂しいわよね。当然よ。けど我慢しなくていいの。だってあなた、まだ子供なんだもの」

母親は光の頭をそっと撫でた。

「あなたは優しくて、いい子よ」

光が「ママぁ」と鼻にかかった泣き声をあげた。

「悲しいわね。切ないわね。泣いていいのよ。おばさん、傍にいるから」

「……ママぁ、ママぁ……帰ってきてぇ、帰ってきてぇ」

母親に抱きついたまま、光はか細い声で母親を呼び続けた。泣き声も落ち着いた頃、母親は光から離れた。それが嫌だったのか、光は母親のワンピースを摑んで離さなくなった。母親はそんな光に求められるまま、何度も何度も、いつまでもハグしていた。

夜になり、光を挟んで左右に松崎と母親が寝た。光はずっと母親にぴったりくっついていた。

「……ねぇねぇ」

夜中、そんな声で目が覚めた。光が寝ている母親の肩を摑んで揺さぶっている。

「おい、どうしたよ」

光が振り返る。そして「……だっこ」と呟いた。そういや寝入りばな、光は何度も母親に「ぎゅっとして」とお願いしていた。母親からは、スウ、スウと寝息が聞こえる。

「俺のママ、いっぺん寝るとなかなか起きないんだよ」

光が顔に手をあて、ぐずんと鼻を啜る。

「起こしちゃかわいそうだしなあ。こっちこい。だっこしてやるから」

光がモソモソと近づいてきたので、背中から引き寄せた。何か熱い。子供は熱い。昔、家で飼っていた犬を思い出す。光の頭の微妙な汗臭さは、犬臭さにどこか通じるものがある。松崎の腕を熱い手で摑んで、光は「……伊緒利ちゃん、すき」と呟いた。

「伊織利ちゃんのママ、すき」

「あれこれ細かくて、口うるさいおばさんだけどなぁ」

ずっと腕の中でモゾモゾしていた光が静かになる。クウクウと小さな寝息が聞こえてきて、やっと寝たかと安堵すると同時に、松崎の記憶もブッツリと途切れた。


翌朝、起きてからも光は母親にべったりだった。時折涙ぐみはするものの落ち着いたかに見えた光だったが、迎えに来た近藤を見た途端、顔が人形みたいに固まった。

「……帰りたく、ない」

昨日のように、大暴れはしない。けれどどっからそんなに出るんだってぐらい、ボタボタと涙を流した。

「あそこは嫌。ママが帰ってくるまで、それまではって我慢してた。もう嫌だ」

近藤が光の頭を撫で「あなたは子供なの。働ける歳になるまでは、園で暮らしてちょうだい」と優しく諭した。

動こうとしない光の手を握り、近藤は「ご迷惑をおかけして申し訳ありませんでした。

お世話になりました」と頭を下げた。

「光、あなたもお礼を言って。とても親切にしてくれた松崎さんに」

光はボタボタ泣いて泣いて、何も言えない。泣きながら、自分を見ている。これ、まだメンタルボロボロなんだけど、いいのか？　大丈夫じゃないだろ、明らかに。

「でっ、電話するわ」

松崎は咄嗟に、そう口にしていた。

「毎晩、電話するわ。これまで通り。それぐらいいいっすよね？」

近藤は「ええ、それは……はい。お願いします」と頷く。

「おばさん、光ちゃんに会いに行くわ」

母親の言葉に、光の目が大きく見開かれた。

「本当に？」

「本当よ。会いに行くわ」

「明日、来る？」

「いいわよ」

「絶対、絶対に来る？　絶対に来てくれる？」

もう十回ぐらいしつこくしつこく念を押して、最後は「もう約束してくださってるんだから、いいでしょう」と近藤に引きずられるようにして光は帰って行った。

母親と二人になると、急に部屋の中は静かになった。光の分だけぽっかり穴があいたように。

「ママ、あの……いろいろとありがとう」

「いいのよ」

母親は頬に手をあてふっと息をつく。そして「光ちゃん、心配だわ。大丈夫かしら」とぽつりと呟いた。

周囲が、青い。ここはプールの中だ。二ヶ月ぐらい行くのをサボっているジムの……プール。溺れているのか、息が苦しい。何か、苦しい。はあああっと大きく息を吐き出したところで、全部消えた。目にうつったのは、摘まれた鼻と、陽に透ける薄茶色の髪と、綺麗な白い顔。バックに、自分の部屋の天井……。

「起きた？」

目を細めて、光が笑う。

「お前、人を殺す気か」

「死なないよ。伊緒利ちゃん、金魚みたいにぱっくりお口あけてたし」

光は人の鼻を摘まんでいた指先を「何かベタベタする」と松崎のパーカーに擦りつけ

てきた。

「お前、なにげに失礼な奴だな」

ひひひ、と光は笑う。

「伊緒利ちゃん、月曜なのに部屋でお昼寝してるのはどうして？　お仕事ないの？」

「日曜に書店のフェアがあって出社したから、今日は代休なんだよ。馬車馬みたいに働いてお疲れモードなの。てかお前こそどーしたんだよ」

光は膝を抱えて座り込んだまま「んーっ」と首を傾げた。黒いセーター姿で、下はジーンズのミニスカートに膝下のタイツ。黒いランドセルが無様なテントウ虫みたいにひっくり返っていて、その上にピンクのフリースが丸まっている。

光の実母の死亡が判明してから半年が過ぎた。混乱した光に関わって以降、松崎の母親は光と頻繁に交流していた。そんな母親に年末「光ちゃんの里親になろうと思うんだけど」と相談された。

驚きはしなかった。その頃、光はたびたび松崎の実家に泊まりに来ていて、母親にも父親にもベタベタに懐いていたからだ。松崎をはじめ兄と妹も家を出ていたので、両親の判断を「経済的に問題ないんだったら、人助けってことでいいんじゃない」と支持した。本来、里子は選べないそうだが、子供との間に何か良好な関わりがあった場合には、認められることがあるらしい。母親は光が中学生になる前に迎え入れようと根回ししている。

松崎はアパートの鍵のスペアと交通系のＩＣカードを光にこっそり渡している。「うちに来てもいいけど、職員サンにはばれないようにしろよ」と付け足して。光本人がそうしたいと望むなら、母親との思い出に浸る権利があると思ったからだ。なので光はたまに、ふらっと松崎宅にやってくる。それは「公園に遊びに行ってくる」と言い訳できる土日のどちらかで、今日のように学校帰りの平日にはこれまで来たことはなかった。

「もしかしてお前、ガッコで虐められでもしたか？」

光に「伊緒利ちゃん、短絡的～」と言われて、イラッとする。読書が好きな松崎の父親に影響されて、光はよく本を読んでいると聞いた。そのせいか語彙が一気に増えて、たまに大人っぽい物言いをする。

「前はいじめとかあったけど、今のクラスはないよ」

光が松崎の手を摑み「こっち」と陽があたる窓際に連れて行く。

「ここ寝っ転がって」

「何でだよ」

「……十分だけ」

めんどくせえなあと思いながら横になる。すると光が正面にやってきて横になり、松崎の手を胸の下に持ってきて「ぎゅーっとして」とお願いしてきた。ぎゅーっとしてやると、目を閉じて光は頭を抱えた。

何か、前にもこんなことあったなと思い出す。あれは、母親が死んだと知った時だったか。光は窓際で、背中を丸めて横たわっていた。光の母親の命日は二月で、日は確か十五日だった。ああ……今日か……。母親の死体を遺棄した犯人も判明し、松崎の中でこの事件は終わったことになっているが、残された子供、光の中では、まだ忘れられないだろうし、続いているんだろう。

光の肩が震えているように見える。泣いているのかもしれない。けど顔を隠しているし、これはツッコまないほうがいいなとそっとしてるうちに、松崎は寝てしまった。

目覚めると、窓の下に一人で寝転がっていた。光は煙みたいに消えている。床に転がっているスマホからポロンというメッセージの着信音が響いた。のそのそ這(は)っていって鷲掴みにし、画面をタップする。間山センセからで『今週の土曜日、祐さんと三井っちが弁護士事務所で餃子パーティするんだけど、光も来ないかなっていってた』とあった。月イチぐらいのペースで、間山センセとその仲間たちは、あれやこれやと光を誘ってくる。光も喜んで出かけていく。

『行くと思うんすけど、ひとまず本人に確認しとくっす』

サクリと返信してスマホをテーブルに置く。そして気づいた。パソコンの上、マウスを重しにしてメモが残されている。鉛筆で書かれたそれは、光の字だ。

『晩ご飯になるから帰る』

その下に『大好き』と続き、横に間山センセん家のペットに似た、笑っている猫のイラストが描かれていた。

エピローグ2

ミャーの日常PartⅡ

夜もあんまり寒くならなくて、昼はぽかぽかあったかくなってきた。窓の外に見える木はピンク色の花が咲いてて、風が吹くと花びらが舞い上がってくる。ヒラヒラしたのを見ているると腰がウズウズして、何度も窓ガラスをパシパシと叩いていたら、小さい人間にシャッとブラインドを下ろされた。

仕方ないから、自分の匂いがついてるお気に入りのソファの上、前足と後ろ足をびょーんと伸ばして、ゴロゴロお昼寝する。お昼寝って本当に最高。

けど今はソファが狭い。とっても狭い。最初はのびのびと寝ていたのに、後からやってきたキラキラの子に半分占領された。

少し前から、細身眼鏡、ふとっちょ、のっぽ、小さい人間に加えて、もっと小さな白い子と、このキラキラがよく部屋にやってくるようになった。キラキラは、顔のあちらこちらがキラキラと光る。キラキラを舐めたら「ピアスを舐めたら、くすぐったいって～」と喜んでいた。

キラキラは毛のない肌がいっぱい出ていて、柔らかくて、首のところからふくふくと良い匂いがするので、そこの匂いを嗅ぐのがけっこう好きだったりする。

キラキラは前に少しだけご飯をくれたことがあったけど、のっぽとか小さい人間のように毎日くれるわけじゃない。細身眼鏡みたいに美味しいおやつをくれることもない。おやつ、ないの〜と足許にスリスリしてねだってみても、一度も出てきたことはない。

ご飯もおやつもくれないキラキラのいいところは、撫で方が絶妙なところ。鼻の上、耳の横、顎の下とか、最高にいい力加減で撫でてくる。気持ち良くて、うっとり。いつもすぐに眠くなってしまう。

「猫っていいよね〜」

キラキラが顎の下、そこ、そこ痒（かゆ）いのってところを掻いてくる。もう最高って、「にゃーん」と教えてあげる。

「猫ってだけで可愛いしさぁ、大正解でしょ」

キラキラが大きな手で前足を押さえて、その顔を近づけてくる。もしかしてアレ？と思ってたら案の定、腹に顔をあてて擦りつけてきた。このタイプのグルーミングは正直、あまり気持ち良くない。けど我慢できないほどでもないから、ちょっとだけやらせてあげる。

「ネコネコのいい匂い〜。あたしも猫に生まれたかったなぁ。お金持ちの家の猫。かわいーかわいーって褒められて、何か失敗しても『猫だから仕方ないよね』って許されて、美味しい高級ネコ缶いっぱい食べて、毎日お昼寝するの」

そろそろ止めてほしいかも……そう思い後ろ足で軽くキックを繰り出すと、キラキラが顔を上げた。

「……だから凡庸なんだよ」

急にキラキラの声が低くなる。そして両脇を掴んで引き起こされ、柔らかい膝の肉の上にお座りさせられた。抱っこはいいけど、この体勢はあまり好きじゃない。

「聞いてよ、ミャー。うちのパパってさぁ、彫刻家なの。業界じゃそこそこ有名なほう。ママは銅版画家で、一応それで食べていけてるって感じ。お兄ちゃんはさ、仏師やってるの。仏師ってわかる？　仏像彫る仕事。みんな芸術家で、個性がやたらと際立ってんの」

キラキラは抱っこした体をぶらぶらと左右に揺らしてくる。

「あたしはそっち方面の才能、なかったんだ。勧められて彫刻とか銅版もやったよ。そりゃ親はプロだし、マンツーマンで習ったらある程度はできるようになるけど、そこから先がなかったんだよね。綺麗とか、真似とかじゃ限界があるっていうかさ。子供が自分と同じことやりたいって言ったら、そりゃ親は最初は喜ぶのよ。ただ才能のあるなしに関してはシビアなんだ。自分の子供でもさ。そういう期待されてない目っていうか、自分以外の子に期待してる目っていうのに気づいちゃうのがもうしんどくて。才能ある人間の子なのに、どーして自分にはそれがないんだろうって考えちゃうわけ。親は言わないのに、他人は平気でそこに踏み込んでくるのね。お父さんやお母さんみたいな才能はなかったのねって。親の才能を受け継がなかったなら、もっと別の何か、自慢できる特別な何かがないといけないんじゃないかって強迫観念みたくなっちゃって」

キラキラの話が長くて、口を大きく開けてくわーっと欠伸する。顔が痒くなって、右の前足で目尻をちょいちょいと擦る。ついでに前脚をペロペロして毛並みを整える。

「いろんなことやったの。音楽とか、映像とか。何か自分に向いてることとか、才能みたいなものがないかなって。けどどれも中途半端。だから自分が縛られるのが好きなM気質ってわかった時は、嬉しかった。やっと自分だけの特別な個性っていうの、見つけた気がしてさ。正直、そこでやっと救われたの、メンタルが」

キラキラがごろっと横になって、いっしょにソファに倒れ込む。何だかうるさいし、キラキラがちょっと鬱陶しくなってくる。窓際にいこうと、キラキラの手をのがれるために体を捻る。こっちが嫌がっているのがわかってそうなのに、手を離してくれない。

「けどさ～結局はM気質ってだけで凡人だったんだよね。緊縛は好きだけど、極めるってトコまで夢中になれなくて」

キラキラが鼻の上を撫でてくる。顎の下も。弱い場所をこしょこしょとくすぐられて、気持ち良くて腰がブルブルする。キラキラ、ずるい。離れようと思ってたのに、思わず「ゴロゴロ」と喉を鳴らしてしまう。

「MだからSっけのある男が寄ってくるんだけど、長続きしなくてさ。エキセントリックなタイプが好きだから、余計にってのもあるのかな。私はさぁ、プレイと日常を分けてほしいタイプなのに、24時間Sってのが多くて疲れんの。だから次はもう普通でいいかなってさ」

キラキラの絶妙な指技で、メロメロにされる。我慢できなくて、仰向けになって前脚と後ろ脚をびょーんとのばす。もう好きにして、どうにでもしての服従ポーズ。

「門柱ってさぁ、私のこと好きなくせにどうして誘ってこないんだろ。わっかんないなぁ」

キラキラに無防備な腹をわさわさと撫でられ、何ともいえない心地よさに至福の薄目になる。

「私、男の顔はわりとどうでもいいの。そんなにこだわらない。門柱みたいなタイプは初めてだけど、真面目そうだし浮気しないだろうって思うのよね。浮気されるの超しんどかったから、もう女にだらしない男は絶対に嫌だ。凡庸な男と、凡人な自分を嚙みしめつつ、ストレスフリーの恋愛がしたい」

何だか喉が渇いてきた。おしっこもしたくなってきて、くるりと回って俯せ、四本足ですっくと立ち上がる。

「もう自分から言おうかなあ。駆け引き苦手。ねえ、ミャーはあいつのこと、どう思う？」

ソファをぴょんと飛び降りる。スタスタ歩いていると「えっ、いっちゃうの」とキラキラが悲しそうな声を出した。

そのタイミングで、ガチャリとドアが開く音が聞こえた。小さい人間が部屋の中に入ってくる。

「芽衣子じゃん。事務所のほうに来てたんだ」

ソファの上で仰向けになったまま、キラキラが両足をバタバタと動かしている。この部屋によくでる、足のいっぱいついた茶色い虫に動きがちょっと似てる。

「今日は定休日だし、三階にいても暇なんだもん。することないしさ。そだ、門柱ってさ、今度いつこっちに来るの？」

小さい人間が、いつもテンポよく喋るのに、少し間ができる。

「ポリさんは……どうかな。アネ7のライブのある時は来てるけど、普段は仕事が忙しそうだし」

「そうなんだ。だからメッセージ送っても、なかなか既読になんないのかなあ」

小さい人間が、すうっとキラキラから視線を逸らす。

「和樹、何か企画してよ。みんなで集まるパーティ的なやつ」

「どうして俺が」

「私、お金ないから極力低コストで。たこ焼きとかお好み焼きパーティとか。あ、よく光ちゃん呼んであれこれやってるじゃん。ああいうやつ」

「めんどくさい」「いいじゃん」と二人が言い争っている。人間って、ごはんをくれるし、気持ちいいこともしてくれるけど、基本うるさくて、鬱陶しいかもと思いながら、ミャーは猫用ドアを抜けてトイレと水のある住居部分にスッと逃げ込んだ。

初出

第一章　松崎伊緒利の怪異　「ｗｅｂ集英社文庫」二〇二〇年六月～七月
第二章　ザブレフ光の孤独　「ｗｅｂ集英社文庫」二〇二〇年九月～十月
第三章　宝井広紀の受難　「ｗｅｂ集英社文庫」二〇二〇年十二月
第四章　間山和樹の後悔　「ｗｅｂ集英社文庫」二〇二一年三月～四月
エピローグ１　松崎伊緒利のエンドマーク　書き下ろし
エピローグ２　ミャーの日常ＰａｒｔⅡ　書き下ろし

本書は、右記の作品を加筆・修正したオリジナル文庫です。

本文デザイン／目﨑羽衣（テラエンジン）
登場人物イラスト／穂積

木原音瀬の本

捜し物屋まやま

放火に遭い家が全焼した引きこもりの三井を助けたのは、不思議な〝捜し物屋〟を営む間山兄弟と、ドルオタ弁護士で……。ちょっと不思議で怖くて愉快。四人（と一匹）のドタバタ事件簿！

集英社文庫

集英社文庫

捜し物屋まやま 2

2021年10月25日　第1刷

定価はカバーに表示してあります。

著　者　木原音瀬

発行者　徳永　真

発行所　株式会社　集英社
東京都千代田区一ツ橋2-5-10　〒101-8050
電話　【編集部】03-3230-6095
【読者係】03-3230-6080
【販売部】03-3230-6393(書店専用)

印　刷　凸版印刷株式会社

製　本　凸版印刷株式会社

フォーマットデザイン　アリヤマデザインストア　　マークデザイン　居山浩二

ISBN978-4-08-744309-7 C0193